KB179366

하늘은
부끄럽게
푸릅니다

하늘은
부끄럽게
푸릅니다

3·1운동 100주년 기념 민족 시인 5인 시집

김소월　　한용운　　이육사　　윤동주　　이상화

시요일 엮음

시
요
일

한용운 『님의 침묵』

이육사 『육사 시집』

윤동주『하늘과 바람과 별과 시』

이상화 『상화와 고월』

김소월 『진달래꽃』(매문사 1925)

먼 후일

먼 훗날 당신이 찾으시면
그때에 내 말이 '잊었노라'

당신이 속으로 나무라면
'무척 그리다가 잊었노라'

그래도 당신이 나무라면
'믿기지 않아서 잊었노라'

오늘도 어제도 아니 잊고
먼 훗날 그때에 '잊었노라'

풀따기

우리 집 뒷산에는 풀이 푸르고
숲 사이의 시냇물, 모랫바닥은
파아란 풀 그림자, 떠서 흘러요.

그리운 우리 님은 어디 계신고.
날마다 피어나는 우리 님 생각.
날마다 뒷산에 홀로 앉아서
날마다 풀을 따서 물에 던져요.

흘러가는 시내의 물에 흘러서
내어던진 풀잎은 옅게 떠갈 제
물살이 해적해적 품을 헤쳐요.

그리운 우리 님은 어디 계신고.
가엾은 이내 속을 둘 곳 없어서
날마다 풀을 따서 물에 던지고
흘러가는 잎이나 맘해 보아요.

바다

뛰노는 흰 물결이 일고 또 잦는
붉은 풀이 자라는 바다는 어디

고기잡이꾼들이 배 위에 앉아
사랑 노래 부르는 바다는 어디

파랗게 좋이 물든 남빛 하늘에
저녁놀 스러지는 바다는 어디

곳 없이 떠다니는 늙은 물새가
떼를 지어 좃니는 바다는 어디

건너서서 저편은 딴 나라이라
가고 싶은 그리운 바다는 어디

♦ 좃니는: 좇아 다니는.

산 위에

산 위에 올라서서 바라다보면
가로막힌 바다를 마주 건너서
님 계시는 마을이 내 눈앞으로
꿈 하늘 하늘같이 떠오릅니다

흰 모래 모래 비낀 선창가에는
한가한 뱃노래가 멀리 잦으며
날 저물고 안개는 깊이 덮여서
흩어지는 물꽃뿐 안득입니다

이윽고 밤 어둡는 물새가 울면
물결 좇아 하나둘 배는 떠나서
저 멀리 한바다로 아주 바다로
마치 가랑잎같이 떠나갑니다

나는 혼자 산에서 밤을 새우고
아침 해 붉은 볕에 몸을 씻으며
귀 기울고 솔곳이 엿듣노라면
님 계신 창 아래로 가는 물노래

흔들어 깨우치는 물노래에는
내 님이 놀라 일어 찾으신대도
내 몸은 산 위에서 그 산 위에서
고이 깊이 잠들어 다 모릅니다

♦ 안득입니다: 아득합니다.
♦ 어둡는: 어두워.

옛이야기

고요하고 어두운 밤이 오면은
어스레한 등불에 밤이 오면은
외로움에 아픔에 다만 혼자서
하염없는 눈물에 저는 웁니다

제 한 몸도 예전엔 눈물 모르고
조그마한 세상을 보냈습니다
그때는 지난날의 옛이야기도
아무 설움 모르고 외웠습니다

그런데 우리 님이 가신 뒤에는
아주 저를 버리고 가신 뒤에는
전날에 제게 있던 모든 것들이
가지가지 없어지고 말았습니다

그러나 그 한때에 외워 두었던
옛이야기뿐만은 남았습니다
나날이 짙어 가는 옛이야기는
부질없이 제 몸을 울려 줍니다

님의 노래

그리운 우리 님의 맑은 노래는
언제나 제 가슴에 젖어 있어요

긴 날을 문밖에서 서서 들어도
그리운 우리 님의 고운 노래는
해 지고 저물도록 귀에 들려요
밤 들고 잠들도록 귀에 들려요

고이도 흔들리는 노랫가락에
내 잠은 그만이나 깊이 들어요
고적한 잠자리에 홀로 누워도
내 잠은 포스근히 깊이 들어요

그러나 자다 깨면 님의 노래는
하나도 남김없이 잃어버려요
들으면 듣는 대로 님의 노래는
하나도 남김없이 잊고 말아요

실제(失題)

동무들 보십시오 해가 집니다
해 지고 오늘날은 가노랍니다
웃옷을 잽시빨니 입으십시오
우리도 산마루로 올라갑시다

동무들 보십시오 해가 집니다
세상의 모든 것은 빛이 납니다
인제는 주춤주춤 어둡습니다
예서 더 저문 때를 밤이랍니다

동무들 보십시오 밤이 옵니다
박쥐가 발부리에 일어납니다
두 눈을 인제 그만 감으십시오
우리도 골짜기로 내려갑시다

♦ 잽시빨니: 재빨리.

님의 말씀

세월이 물과 같이 흐른 두 달은
길어 둔 독엣 물도 찌었지마는
가면서 함께 가자 하던 말씀은
살아서 살을 맞는 표적이외다

봄풀은 봄이 되면 돋아나지만
나무는 밑그루를 꺾은 셈이요
새라면 두 죽지가 상한 셈이라
내 몸에 꽃 필 날은 다시 없구나

밤마다 닭 소리라 날이 첫 시(時)면
당신의 넋맞이로 나가 볼 때요
그믐에 지는 달이 산에 걸리면
당신의 길신가리 차릴 때외다

세월은 물과 같이 흘러가지만
가면서 함께 가자 하던 말씀은
당신을 아주 잊던 말씀이지만
죽기 전 또 못 잊을 말씀이외다

◆ 찌었지마는: 줄어들었지마는.

님에게

한때는 많은 날을 당신 생각에
밤까지 새운 일도 없지 않지만
아직도 때마다는 당신 생각에
축업은 베개 가의 꿈은 있지만

낯모를 딴 세상의 네길거리에
애달피 날 저무는 갓 스물이요
캄캄한 어두운 밤 들에 헤매도
당신은 잊어버린 설움이외다

당신을 생각하면 지금이라도
비 오는 모래밭에 오는 눈물의
축업은 베개 가의 꿈은 있지만
당신은 잊어버린 설움이외다

◆ 축업은: 축축한.

마른 강 두덕에서

서리 맞은 잎들만 쌔울지라도
그 밑이야 강물의 자취 아니랴
잎새 위에 밤마다 우는 달빛이
흘러가던 강물의 자취 아니랴

빨래 소리 물소리 선녀의 노래
물 스치던 돌 위엔 물때뿐이라
물때 묻은 조약돌 마른 갈숲이
이제라고 강물의 터야 아니랴

빨래 소리 물소리 선녀의 노래
물 스치던 돌 위엔 물때뿐이라

◆ 쌔울지라도: 쌓일지라도.

봄밤

실버드나무의 검으스렷한 머릿결인 낡은 가지에
제비의 넓은 깃나래의 감색 치마에
술집의 창 옆에, 보아라, 봄이 앉았지 않는가.

소리도 없이 바람은 불며, 울며, 한숨지어라.
아무런 줄도 없이 섧고 그리운 새카만 봄밤
보드라운 습기는 떠돌며 땅을 덮어라.

♦ 검으스렷한: 거무스레한.

밤

홀로 잠들기가 참말 외로워요
맘에는 사무치도록 그리워 와요
이리도 무던히
아주 얼굴조차 잊힐 듯해요.

벌써 해가 지고 어둡는데요,
이곳은 인천에 제물포, 이름난 곳,
부슬부슬 오는 비에 밤이 더디고
바닷바람이 춥기만 합니다.

다만 고요히 누워 들으면
다만 고요히 누워 들으면
하이얗게 밀어드는 봄 밀물이
눈앞을 가로막고 흐느낄 뿐이야요.

꿈꾼 그 옛날

밖에는 눈, 눈이 와라,
고요히 창 아래로는 달빛이 들어라.
어스름 타고서 오신 그 여자는
내 꿈의 품속으로 들어와 안겨라.

나의 베개는 눈물로 함빡이 젖었어라.
그만 그 여자는 가고 말았느냐.
다만 고요한 새벽, 별 그림자 하나가
창틈을 엿보아라.

꿈으로 오는 한 사람

나이 차라지면서 가지게 되었노라
숨어 있던 한 사람이, 언제나 나의,
다시 깊은 잠 속의 꿈으로 와라
붉으렷한 얼굴에 가늣한 손가락의,
모르는 듯한 거동도 전날의 모양대로
그는 야젓이 나의 팔 위에 누워라
그러나, 그래도 그러나!
말할 아무것이 다시 없는가!
그냥 먹먹할 뿐, 그대로
그는 일어라. 닭의 홰치는 소리.
깨어서도 늘, 길거리엣 사람을
밝은 대낮에 빗보고는 하노라

◆ 나이 차라지면서: 나이가 차게 되면서.
◆ 붉으렷한: 불그레한.

눈 오는 저녁

바람 자는 이 저녁
흰 눈은 퍼붓는데
무엇 하고 계시노
같은 저녁 금년(今年)은……

꿈이라도 꾸면은!
잠들면 만날런가.
잊었던 그 사람은
흰 눈 타고 오시네.

저녁때. 흰 눈은 퍼부어라.

자주 구름

물 고운 자주 구름,
하늘은 개어 오네.
밤중에 몰래 온 눈
솔숲에 꽃 피었네.

아침볕 빛나는데
알알이 뛰노는 눈

밤새에 지난 일은……
다 잊고 바라보네.

움직거리는 자주 구름.

두 사람

흰 눈은 한 잎
또 한 잎
영(嶺) 기슭을 덮을 때.
짚신에 감발하고 길심 메고
우뚝 일어나면서 돌아서도……
다시금 또 보이는,
다시금 또 보이는.

♦ 길심: 길짐.

닭 소리

그대만 없게 되면
가슴 뒤노는 닭 소리 늘 들어라.

밤은 아주 새어올 때
잠은 아주 달아날 때

꿈은 이루기 어려워라.

저리고 아픔이여
살기가 왜 이리 고달프냐.

새벽 그림자 산란(散亂)한 들풀 위를
혼자서 거닐어라.

못 잊어

못 잊어 생각이 나겠지요,
그런대로 한세상 지내시구려,
사노라면 잊힐 날 있으리다.

못 잊어 생각이 나겠지요,
그런대로 세월만 가라시구려,
못 잊어도 더러는 잊히오리다.

그러나 또 한긋 이렇지요,
'그리워 살뜰히 못 잊는데,
어쩌면 생각이 떠지나요?'

♦ 한긋: 한껏.

예전엔 미처 몰랐어요

봄 가을 없이 밤마다 돋는 달도
'예전엔 미처 몰랐어요.'

이렇게 사무치게 그리울 줄도
'예전엔 미처 몰랐어요.'

달이 암만 밝아도 쳐다볼 줄을
'예전엔 미처 몰랐어요.'

이제금 저 달이 설움인 줄은
'예전엔 미처 몰랐어요.'

자나 깨나 앉으나 서나

자나 깨나 앉으나 서나
그림자 같은 벗 하나이 내게 있었습니다.

그러나, 우리는 얼마나 많은 세월을
쓸데없는 괴로움으로만 보내었겠습니까!

오늘은 또다시 당신의 가슴속, 속 모를 곳을
울면서 나는 휘저어 버리고 떠납니다그려.

허수한 맘, 둘 곳 없는 심사에 쓰라린 가슴은
그것이 사랑, 사랑이던 줄이 아니도 잊힙니다.

해가 산마루에 저물어도

해가 산마루에 저물어도
내게 두고는 당신 때문에 저뭅니다.

해가 산마루에 올라와도
내게 두고는 당신 때문에 밝은 아침이라고 할 것입니다.

땅이 꺼져도 하늘이 무너져도
내게 두고는 끝까지 모두 다 당신 때문에 있습니다.

다시는, 나의 이러한 맘뿐은, 때가 되면,
그림자같이 당신한테로 가오리다.

오오, 나의 애인이었던 당신이여.

꿈

닭 개 짐승조차도 꿈이 있다고
이르는 말이야 있지 않은가,
그러하다, 봄날은 꿈꿀 때.
내 몸에야 꿈이나 있으랴,
아아 내 세상의 끝이여,
나는 꿈이 그리워, 꿈이 그리워.

맘 켱기는 날

오실 날
아니 오시는 사람!
오시는 것 같게도
맘 켱기는 날!
어느덧 해도 지고 날이 저무네!

♦ 켱기는: 켕기는.

하늘 끝

불현듯
집을 나서 산을 치달아
바다를 내다보는 나의 신세여!
배는 떠나 하늘로 끝을 가누나!

개아미

진달래꽃이 피고
바람은 버들가지에서 울 때,
개아미는
허리 가늣한 개아미는
봄날의 한나절, 오늘 하루도
고달피 부지런히 집을 지어라.

◆ 개아미: 개미.

제비

하늘로 날아다니는 제비의 몸으로도
일정한 깃을 두고 돌아오거든!
어찌 섧지 않으랴, 집도 없는 몸이야!

부엉새

간밤에
뒤창 밖에
부엉새가 와서 울더니,
하루를 바다 위에 구름이 캄캄.
오늘도 해 못 보고 날이 저무네.

만리성

밤마다 밤마다
온 하룻밤!
쌓았다 헐었다
긴 만리성!

수아(樹芽)

섭다 해도
웬만한,
봄이 아니어,
나무도 가지마다 눈을 텄어라!

담배

나의 긴 한숨을 동무하는
못 잊게 생각나는 나의 담배!
내력을 잊어버린 옛 시절에
났다가 새 없이 몸이 가신
아씨님 무덤 위의 풀이라고
말하는 사람도 보았어라.
어물어물 눈앞에 스러지는 검은 연기,
다만 타붙고 없어지는 불꽃.
아 나의 괴로운 이 맘이여.
나의 하염없이 쓸쓸한 많은 날은
너와 한가지로 지나가라.

실제(失題)

이 가람과 저 가람이 모두 쳐흘러
그 무엇을 뜻하는고?

미더움을 모르는 당신의 맘

죽은 듯이 어두운 깊은 골의
꺼림칙한 괴로운 몹쓸 꿈의
퍼르죽죽한 불길은 흐르지만
더듬기에 지치운 두 손길은
불어 가는 바람에 식히셔요

밝고 호젓한 보름달이
새벽의 흔들리는 물노래로
수줍음에 추움에 숨을 듯이
떨고 있는 물 밑은 여기외다.

미더움을 모르는 당신의 맘

저 산과 이 산이 마주 서서
그 무엇을 뜻하는고?

어버이

잘살며 못살며 할 일이 아니라
죽지 못해 산다는 말이 있나니,
바이 죽지 못할 것도 아니지마는
금년에 열네 살, 아들딸이 있어서
순복이 아버님은 못 하노란다.

부모

낙엽이 우수수 떨어질 때,
겨울의 기나긴 밤,
어머님하고 둘이 앉아
옛이야기 들어라.

나는 어쩌면 생겨 나와
이 이야기 듣는가?
묻지도 말아라, 내일 날에
내가 부모 되어서 알아보랴?

후살이

홀로된 그 여자
근일에 와서는 후살이 간다 하여라.
그렇지 않으랴, 그 사람 떠나서
이제 십 년, 저 혼자 더 살은 오늘날에 와서야……
모두 다 그럴듯한 사람 사는 일레요.

잊었던 맘

집을 떠나 먼 저곳에
외로이도 다니던 내 심사를!
바람 불어 봄꽃이 필 때에는
어찌타 그대는 또 왔는가.
저도 잊고 나니 저 모르던 그대
어찌하여 옛날의 꿈조차 함께 오는가.
쓸데도 없이 서럽게만 오고 가는 맘.

봄비

어룰없이 지는 꽃은 가는 봄인데
어룰없이 오는 비에 봄은 울어라.
서럽다, 이 나의 가슴속에는!
보라, 높은 구름 나무의 푸릇한 가지.
그러나 해 늦으니 어스름인가.
애달피 고운 비는 그어 오지만
내 몸은 꽃자리에 주저앉아 우노라.

♦ 어룰없이: 덧없이, 부질없이.

비단 안개

눈들에 비단 안개에 둘리울 때,
그때는 차마 잊지 못할 때러라.
만나서 울던 때도 그런 날이요,
그리워 미친 날도 그런 때러라.

눈들에 비단 안개에 둘리울 때,
그때는 홀목숨은 못 살 때러라.
눈 풀리는 가지에 당치맛귀로
젊은 계집 목매고 달릴 때러라.

눈들에 비단 안개에 둘리울 때,
그때는 종달새 솟을 때러라.
들에랴, 바다에랴, 하늘에서랴,
아지 못할 무엇에 취할 때러라.

눈들에 비단 안개에 둘리울 때,
그때는 차마 잊지 못할 때러라.
첫사랑 있던 때도 그런 날이요
영이별 있던 날도 그런 때러라.

기억

달 아래 쇠멋없이 섰던 그 여자,
서 있던 그 여자의 해쓱한 얼굴,
해쓱한 그 얼굴 적이 파릇함.
다시금 실벗듯한 가지 아래서
시커먼 머리낄은 번쩍거리며.
다시금 하룻밤의 식는 강물을
평양의 긴 단장은 숫고 가던 때.
오오 그 쇠멋없이 섰던 여자여!

그립다 그 한밤을 내게 가깝던
그대여 꿈이 깊던 그 한동안을
슬픔에 귀여움에 다시 사랑의
눈물에 우리 몸이 맡기웠던 때.
다시금 고즈넉한 성 밖 골목의
사월의 늦어 가는 뜬눈의 밤을
한두 개 등불 빛은 울어 새던 때
오오 그 쇠멋없이 섰던 여자여!

◆ 쇠멋없이: 망연히, 아무 생각 없이.
◆ 머리낄: 머리카락.

애모

왜 아니 오시나요.
영창에는 달빛, 매화꽃이
그림자는 산란히 휘젓는데.
아이. 눈 깍 감고 요대로 잠을 들자.

저 멀리 들리는 것!
봄철의 밀물 소리
물나라의 영롱한 구중궁궐, 궁궐의 오요한 곳,
잠 못 드는 용녀(龍女)의 춤과 노래, 봄철의 밀물 소리.

어두운 가슴속의 구석구석……
환연한 거울 속에, 봄 구름 잠긴 곳에,
소솔비 내리며, 달무리 둘려라.
이대도록 왜 아니 오시나요. 왜 아니 오시나요.

♦ 오요한: 고요한.

몹쓸 꿈

봄 새벽의 몹쓸 꿈
깨고 나면!
울짖는 까막까치, 놀라는 소리,
너희들은 눈에 무엇이 보이느냐.

봄철의 좋은 새벽, 풀이슬 맺혔어라.
볼지어다, 세월은 도무지 편안한데,
두새없는 저 까마귀, 새들게 울짖는 저 까치야,
나의 흉한 꿈 보이느냐?

고요히 또 봄바람은 봄의 빈 들을 지나가며,
이윽고 동산에서는 꽃잎들이 흩어질 때,
말 들어라, 애틋한 이 여자야, 사랑의 때문에는
모두 다 사나운 조짐인 듯, 가슴을 뒤놓아라.

♦ 울짖는: 우짖는.
♦ 두새없는: 두서없는.

그를 꿈꾼 밤

야밤중, 불빛이 발갛게
어렴풋이 보여라.

들리는 듯, 마는 듯,
발자국 소리.
스러져 가는 발자국 소리.

아무리 혼자 누워 몸을 뒤재도
잃어버린 잠은 다시 안 와라.

야밤중, 불빛이 발갛게
어렴풋이 보여라.

여자의 냄새

푸른 구름의 옷 입은 달의 냄새.
붉은 구름의 옷 입은 해의 냄새.
아니, 땀 냄새, 때 묻은 냄새,
비에 맞아 축업은 살과 옷 냄새.

푸른 바다…… 어즈리는 배……
보드라운 그리운 어떤 목숨의
조그마한 푸릇한 그무러진 영(靈)
어우러져 비끼는 살의 아우성……

다시는 장사(葬死) 지나간 숲속엣 냄새.
유령 실은 널뛰는 뱃간엣 냄새.
생고기의 바다의 냄새.
늦은 봄의 하늘을 떠도는 냄새.

모래두던 바람은 그물 안개를 불고
먼 거리의 불빛은 달 저녁을 울어라.
냄새 많은 그 몸이 좋습니다.
냄새 많은 그 몸이 좋습니다.

◆ 축업은: 축축한.
◆ 모래두던: 모래언덕.

분(粉) 얼굴

불빛에 떠오르는 새뽀얀 얼굴,
그 얼굴이 보내는 호젓한 냄새,
오고 가는 입술의 주고받는 잔,
가느스름한 손길은 아르대여라.

거무스레하면서도 불그스레한
어렴풋하면서도 다시 분명한
줄 그늘 위에 그대의 목소리,
달빛이 수풀 위를 떠 흐르는가.

그대하고 나하고 또는 그 계집
밤에 노는 세 사람, 밤의 세 사람,
다시금 술잔 위의 긴 봄밤은
소리도 없이 창밖으로 새어 빠져라.

◆ 아르대여라: 아른대어라.

아내 몸

들고 나는 밀물에
배 떠나간 자리야 있으랴.
어진 아내인 남의 몸인 그대요
'아주, 엄마 엄마라고 불리우기 전에.'

굴뚝이기에 연기가 나고
돌바위 아니기에 좀이 들어라.
젊으나 젊으신 청하늘인 그대요,
'착한 일 하신 분네는 천당 가옵시리라.'

서울 밤

붉은 전등.
푸른 전등.
널따란 거리면 푸른 전등.
막다른 골목이면 붉은 전등.
전등은 반짝입니다.
전등은 그무립니다.
전등은 또다시 어스렷합니다.
전등은 죽은 듯한 긴 밤을 지킵니다.

나의 가슴의 속 모를 곳의
어둡고 밝은 그 속에서도
붉은 전등이 흐득여 웁니다.
푸른 전등이 흐득여 웁니다.

붉은 전등.
푸른 전등.
머나먼 밤하늘은 새카맙니다.
머나먼 밤하늘은 새카맙니다.

서울 거리가 좋다고 해요,

서울 밤이 좋다고 해요.
붉은 전등.
푸른 전등.
나의 가슴의 속 모를 곳의
푸른 전등은 고적합니다.
붉은 전등은 고적합니다.

♦ 그무립니다: 그물거립니다.

가을 아침에

어뜩한 퍼스렷한 하늘 아래서
회색의 지붕들은 번쩍거리며,
성깃한 섶나무의 드문 수풀을
바람은 오다가다 울며 만날 때,
보일락 말락 하는 멧골에서는
안개가 어스러이 흘러 쌓여라.

아아 이는 찬비 온 새벽이러라.
냇물도 잎새 아래 얼어붙누나.
눈물에 쎄여 오는 모든 기억은
피 흘린 상처조차 아직 새로운
가주난아기같이 울며 서두는
내 영(靈)을 에워싸고 속살거려라.

'그대의 가슴속이 가비엽던 날
그리운 그 한때는 언제였었노!'
아아 어루만지는 고운 그 소리
쓰라린 가슴에서 속살거리는,
미움도 부끄럼도 잊은 소리에,
끝없이 하염없이 나는 울어라.

♦ 가주난아기: 갓난아기.

가을 저녁에

물은 희고 길구나, 하늘보다도.
구름은 붉구나, 해보다도.
서럽다, 높아 가는 긴 들 끝에
나는 떠돌며 울며 생각한다, 그대를

그늘 깊어 오르는 발 앞으로
끝없이 나아가는 길은 앞으로.
키 높은 나무 아래로, 물마을은
성깃한 가지가지 새로 떠오른다.

그 누가 온다고 한 언약도 없건마는!
기다려 볼 사람도 없건마는!
나는 오히려 못물 가를 싸고 떠돈다.
그 못물로는 놀이 잦을 때.

반달

희멀끔하여 떠돈다, 하늘 위에
빛 죽은 반달이 언제 올랐나!
바람은 나온다, 저녁은 춥구나,
흰 물가엔 뚜렷이 해가 드누나.

어두컴컴한 풀 없는 들은
찬 안개 위로 떠 흐른다.
아, 겨울은 깊었다, 내 몸에는,
가슴이 무너져 내려앉는 이 설움아!

가는 님은 가슴엣 사랑까지 없애고 가고
젊음은 늙음으로 바뀌어 든다.
들가시나무의 밤드는 검은 가지
잎새들만 저녁 빛에 희끄무레히 꽃 지듯 한다.

만나려는 심사

저녁 해는 지고서 어스름의 길,
저 먼 산엔 어두워 잃어진 구름,
만나려는 심사는 웬 셈일까요,
그 사람이야 올 길 바이없는데,
발길은 누 마중을 가잔 말이냐.
하늘엔 달 오르며 우는 기러기.

옛낯

생각의 끝에는 졸음이 오고
그리움의 끝에는 잊음이 오나니,
그대여, 말을 말아라, 이후부터,
우리는 옛낯 없는 설움을 모르리.

깊이 믿던 심성(心誠)

깊이 믿던 심성이 황량한 내 가슴속에,
오고 가는 두서너 구우(舊友)를 보면서 하는 말이
"인제는, 당신네들도 다 쓸데없구려!"

꿈

꿈? 영(靈)의 해적임. 설움의 고향.
울자, 내 사랑, 꽃 지고 저무는 봄.

님과 벗

벗은 설움에서 반갑고
님은 사랑에서 좋아라.
딸기꽃 피어서 향기로운 때를
고초(苦椒)의 붉은 열매 익어 가는 밤을
그대여, 부르라, 나는 마시리.

지연(紙鳶)

오후의 네길거리 해가 들었다,
시정(市井)의 첫겨울의 적막함이여,
우두키 문어귀에 혼자 섰으면,
흰 눈의 잎사귀, 지연이 뜬다.

◆ 우두키: 우두커니.

오시는 눈

땅 위에 새하얗게 오시는 눈.
기다리는 날에는 오시는 눈.
오늘도 저 안 온 날 오시는 눈.
저녁불 켤 때마다 오시는 눈.

설움의 덩이

꿇어앉아 올리는 향로의 향불.
내 가슴에 조그만 설움의 덩이.
초닷새 달 그늘에 빗물이 운다.
내 가슴에 조그만 설움의 덩이.

낙천(樂天)

살기에 이러한 세상이라고
맘을 그렇게나 먹어야지,
살기에 이러한 세상이라고,
꽃 지고 잎 진 가지에 바람이 운다.

바람과 봄

봄에 부는 바람, 바람 부는 봄,
작은 가지 흔들리는 부는 봄바람,
내 가슴 흔들리는 바람, 부는 봄,
봄이라 바람이라 이내 몸에는
꽃이라 술잔이라 하며 우노라.

눈

새하얀 흰 눈, 가비엽게 밟을 눈,
재 같아서 날릴 듯 꺼질 듯 한 눈,
바람엔 흩어져도 불길에야 녹을 눈.
계집의 마음. 님의 마음.

깊고 깊은 언약

몹쓸은 꿈을 깨어 돌아누울 때,
봄이 와서 멧나물 돋아 나올 때,
아름다운 젊은이 앞을 지날 때,
잊어버렸던 듯이 저도 모르게,
얼결에 생각나는 '깊고 깊은 언약'

붉은 조수(潮水)

바람에 밀려드는 저 붉은 조수
저 붉은 조수가 밀어들 때마다
나는 저 바람 위에 올라서서
푸릇한 구름의 옷을 입고
불 같은 저 해를 품에 안고
저 붉은 조수와 나는 함께
뛰놀고 싶구나, 저 붉은 조수와.

남의 나라 땅

돌아다보이는 무쇠다리
얼결에 뛰어 건너서서
숨그르고 발 놓는 남의 나라 땅.

천리만리

말리지 못할 만치 몸부림하며
마치 천리만리나 가고도 싶은
맘이라고나 하여 볼까.
한 줄기 쏜살같이 벋은 이 길로
줄곧 치달아 올라가면
불붙는 산의, 불붙는 산의
연기는 한두 줄기 피어올라라.

생(生)과 사(死)

살았대나 죽었대나 같은 말을 가지고
사람은 살아서 늙어서야 죽나니,
그러하면 그 역시 그럴듯도 한 일을,
하필코 내 몸이라 그 무엇이 어째서
오늘도 산마루에 올라서서 우느냐.

어인(漁人)

헛된 줄 모르고나 살면 좋아도!
오늘도 저 너머 편 마을에서는
고기잡이 배 한 척 길 떠났다고.
작년에도 바다놀이 무서웠건만.

귀뚜라미

산바람 소리.
찬비 듣는 소리.
그대가 세상 고락 말하는 날 밤에,
순막집 불도 지고 귀뚜라미 울어라.

월색(月色)

달빛은 밝고 귀뚜라미 울 때는
우두키 쇠멋없이 잡고 섰던 그대를
생각하는 밤이여, 오오 오늘 밤
그대 찾아 데리고 서울로 가나?

♦ 우두키: 우두커니.
♦ 쇠멋없이: 망연히, 아무 생각 없이.

불운에 우는 그대여

불운에 우는 그대여, 나는 아노라
무엇이 그대의 불운을 지었는지도,
부는 바람에 날려,
밀물에 흘러,
굳어진 그대의 가슴속도.
모두 지나간 나의 일이면.
다시금 또 다시금
적황의 포말은 북고여라, 그대의 가슴속의
암청의 이끼여, 거치른 바위
치는 물가의.

바다가 변하여 뽕나무밭 된다고

걷잡지 못할 만한 나의 이 설움,
저무는 봄 저녁에 져 가는 꽃잎,
저 가는 꽃잎들은 나부끼어라.
예로부터 일러 오며 하는 말에도
바다가 변하여 뽕나무밭 된다고.
그러하다, 아름다운 청춘의 때의
있다던 온갖 것은 눈에 설고
다시금 낯모르게 되나니,
보아라, 그대여, 서럽지 않은가,
봄에도 삼월의 져 가는 날에
붉은 피같이도 쏟아져 내리는
저기 저 꽃잎들을, 저기 저 꽃잎들을.

황촉불

황촉불, 그저도 까맣게
스러져 가는 푸른 창을 기대고
소리조차 없는 흰 밤에,
나는 혼자 거울에 얼굴을 묻고
뜻 없이 생각 없이 들여다보노라.
나는 이르노니, "우리 사람들
첫날밤은 꿈속으로 보내고
죽음은 조는 동안에 와서,
별 좋은 일도 없이 스러지고 말아라."

맘에 있는 말이라고 다 할까 보냐

하소연하며 한숨을 지으며
세상을 괴로워하는 사람들이여!
말을 나쁘지 않도록 좋이 꾸밈은
닳아진 이 세상의 버릇이라고, 오오 그대들!
맘에 있는 말이라고 다 할까 보냐.
두세 번 생각하라, 위선(爲先) 그것이
저부터 밑지고 들어가는 장사일진댄.
사는 법이 근심은 못 가른다고,
남의 설움을 남은 몰라라.
말 마라, 세상, 세상 사람은
세상에 좋은 이름 좋은 말로써
한 사람을 속옷마저 벗긴 뒤에는
그를 네길거리에 세워 놓아라, 장승도 마치 한가지.
이 무슨 일이냐, 그날로부터,
세상 사람들은 제가끔 제 비위의 헐한 값으로
그의 몸값을 매마자고 덤벼들어라.
오오 그러면, 그대들은 이후에라도
하늘을 우러르라, 그저 혼자, 섧거나 괴롭거나.

♦ 매마자고: 매기자고.

훗길

어버이님네들이 외우는 말이
"딸과 아들을 기르기는
훗길을 보자는 심성(心誠)이로라."
그러하다, 분명히 그네들도
두 어버이 틈에서 생겼어라.
그러나 그 무엇이냐, 우리 사람!
손들어 가르치던 먼 훗날에
그네들이 또다시 자라 커서
한길같이 외우는 말이
"훗길을 두고 가자는 심성으로
아들딸을 늙도록 기르노라."

부부

오오 아내여, 나의 사랑!
하늘이 묶어준 짝이라고
믿고 살음이 마땅치 아니한가.
아직 다시 그러랴, 안 그러랴?
이상하고 별납은 사람의 맘,
저 몰라라, 참인지, 거짓인지?
정분으로 얽은 딴 두 몸이라면.
서로 어그점인들 또 있으랴.
한평생이라도 반백년
못 사는 이 인생에!
연분의 긴 실이 그 무엇이랴?
나는 말하려노라, 아무러나,
죽어서도 한곳에 묻히더라.

♦ 별납은: 별난.
♦ 어그점: 어긋남, 어그러짐.

나의 집

들가에 떨어져 나가 앉은 멧기슭의
넓은 바다의 물가 뒤에,
나는 지으리, 나의 집을,
다시금 큰길을 앞에다 두고.
길로 지나가는 그 사람들은
제가끔 떨어져서 혼자 가는 길.
하이얀 여울턱에 날은 저물 때.
나는 문간에 서서 기다리리
새벽 새가 울며 지새는 그늘로
세상은 희게, 또는 고요하게,
번쩍이며 오는 아침부터,
지나가는 길손을 눈여겨보며,
그대인가고, 그대인가고.

새벽

낙엽이 발이 숨는 못물 가에
우뚝우뚝한 나무 그림자
물빛조차 어슴푸레히 떠오르는데,
나 혼자 섰노라, 아직도 아직도,
동녘 하늘은 어두운가.
천인(天人)에도 사랑 눈물, 구름 되어,
외로운 꿈의 베개 흐렸는가
나의 님이여, 그러나 그러나
고이도 불그스레 물 질러 와라
하늘 밟고 저녁에 섰는 구름.
반달은 중천에 지새일 때.

◆ 물 질러: 물 길러.

구름

저기 저 구름을 잡아타면
붉게도 피로 물든 저 구름을,
밤이면 새카만 저 구름을.
잡아타고 내 몸은 저 멀리로
구만리 긴 하늘을 날아 건너
그대 잠든 품속에 안기렸더니,
애스러라, 그리는 못 한대서,
그대여, 들으라 비가 되어
저 구름이 그대한테로 내리거든,
생각하라, 밤저녁, 내 눈물을.

여름의 달밤

서늘하고 달 밝은 여름밤이여
구름조차 희미한 여름이여
그지없이 거룩한 하늘로서는
젊음의 붉은 이슬 젖어 내려라.

행복의 맘이 도는 높은 가지의
아슬아슬 그늘 잎새를
배불러 기어 도는 어린 벌레도
아아 모든 물결은 복 받았어라.

벋어 벋어 오르는 가시덩굴도
희미하게 흐르는 푸른 달빛이
기름 같은 연기에 멱 감을러라.
아아 너무 좋아서 잠 못 들어라.

우긋한 풀대들은 춤을 추면서
갈잎들은 그윽한 노래 부를 때.
오오 내려 흔드는 달빛 가운데
나타나는 영원을 말로 새겨라.

자라는 물벼 이삭 벌에서 불고
마을로 은(銀) 슷듯이 오는 바람은
눅잦히는 향기를 두고 가는데
인가들은 잠들어 고요하여라.

하루 종일 일하신 아기 아버지
농부들도 편안히 잠들었어라.
영 기슭의 어득한 그늘 속에선
쇠스랑과 호미뿐 빛이 피어라.

이윽고 식새리의 우는 소리는
밤이 들어가면서 더욱 잦을 때
나락밭 가운데의 우물가에는
농녀(農女)의 그림자가 아직 있어라.

달빛은 그무리며 넓은 우주에
잃어졌다 나오는 푸른 별이요.
식새리의 울음의 넘는 곡조요.
아아 기쁨 가득한 여름밤이여.

삼간집에 불붙는 젊은 목숨의
정열에 목맺히는 우리 청춘은
서느러운 여름밤 잎새 아래의
희미한 달빛 속에 나부끼어라.

한때의 자랑 많은 우리들이여
농촌에서 지내는 여름보다도
여름의 달밤보다 더 좋은 것이
인간에 이 세상에 다시 있으랴.

조그만 괴로움도 내어버리고
고요한 가운데서 귀 기울이며
흰 달의 금물결에 노를 저어라
푸른 밤의 하늘로 목을 놓아라.

아아 찬양하여라 좋은 한때를
흘러가는 목숨을 많은 행복을.
여름의 어스레한 달밤 속에서
꿈같은 즐거움의 눈물 흘러라.

♦ 식새리: 귀뚜라미.
♦ 그무리며: 그물거리며.

오는 봄

봄날이 오리라고 생각하면서
쓸쓸한 긴 겨울을 지나 보내라.
오늘 보니 백양(白楊)의 벋은 가지에
전에 없이 흰 새가 앉아 울어라.

그러나 눈이 깔린 두던 밑에는
그늘이냐 안개냐 아지랑이냐.
마을들은 곳곳이 움직임 없이
저편 하늘 아래서 평화롭건만.

새들게 지껄이는 까치의 무리.
바다를 바라보며 우는 까마귀.
어디로서 오는지 종경 소리는
젊은 아기 나가는 조곡(弔曲)일러라.

보라 때에 길손도 머뭇거리며
지향 없이 갈 발이 곳을 몰라라.
사무치는 눈물은 끝이 없어도
하늘을 쳐다보는 살음의 기쁨.

저마다 외로움의 깊은 근심이
오도 가도 못하는 망상거림에
오늘은 사람마다 님을 여의고
곳을 잡지 못하는 설움일러라.

오기를 기다리는 봄의 소리는
때로 여윈 손끝을 울릴지라도
수풀 밑에 서리운 머리낄들은
걸음 걸음 괴로이 발에 감겨라.

♦ 두던: 언덕.
♦ 머리낄: 머리카락.

물마름

주으린 새 무리는 마른 나무의
해 지는 가지에서 재갈이던 때.
온종일 흐르던 물 그도 곤하여
놀 지는 골짜기에 목이 메던 때.

그 누가 알았으랴 한쪽 구름도
걸려서 흐득이는 외로운 영(嶺)을
숨차게 올라서는 여윈 길손이
달고 쓴 맛이라면 다 겪은 줄을.

그곳이 어디더냐 남이 장군이
말 먹여 물 찌었던 푸른 강물이
지금에 다시 흘러 둑을 넘치는
천백 리 두만강이 예서 백십 리.

무산(茂山)의 큰 고개가 예가 아니냐
누구나 예로부터 의(義)를 위하여
싸우다 못 이기면 몸을 숨겨서
한때의 못난이가 되는 법이라.

그 누가 생각하랴 삼백 년래(來)에
차마 받지 다 못할 한과 모욕을
못 이겨 칼을 잡고 일어섰다가
인력의 다함에서 스러진 줄을.

부러진 대쪽으로 활을 메우고
녹슬은 호미쇠로 칼을 벼려서
다독(茶毒)된 삼천리에 북을 울리며
정의의 기(旗)를 들던 그 사람이여.

그 누가 기억하랴 다북동에서
피 묻든 옷을 입고 외치던 일을
정주성 하룻밤의 지는 달빛에
애 끊긴 그 가슴이 숯기 된 줄을.

물 위의 뜬 마름에 아침 이슬을
불붙는 산마루에 피었던 꽃을
지금에 우러르며 나는 우노라
이루며 못 이룸에 박(薄)한 이름을.

◆ 찌었던: 줄어들었던.
◆ 숯기: 숯.

우리 집

이 바루
외따로 와 지나는 사람 없으니
"밤 자고 가자" 하며 나는 앉어라.

저 멀리, 하느편에
배는 떠나 나가는
노래 들리며

눈물은
흘러내려라
스르르 내려 감는 눈에.

꿈에도 생시에도 눈에 선한 우리 집
또 저 산 넘어 넘어
구름은 가라.

◆ 바루: 근처.
◆ 하느편: 서쪽.

들도리

들꽃은
피어
흩어졌어라.

들풀은
들로 한벌 가득히 자라 높았는데,
뱀의 헐벗은 묵은 옷은
길 분전의 바람에 날아돌아라.

저 보아, 곳곳이 모든 것은
번쩍이며 살아 있어라.
두 나래 펼쳐 떨며
소리개도 높이 떴어라.

때에 이내 몸
가다가 또다시 쉬기도 하며,
숨에 찬 내 가슴은
기쁨으로 채워져 사뭇 넘쳐라.

걸음은 다시금 또 더 앞으로……

바리운 몸

꿈에 울고 일어나
들에
나와라.

들에는 소슬비
머구리는 울어라.
풀 그늘 어두운데

뒷짐 지고 땅 보며 머뭇거릴 때.

누가 반딧불 꾀어드는 수풀 속에서
"간다 잘 살아라" 하며, 노래 불러라.

엄숙

나는 혼자 뫼 위에 올랐어라.
솟아 퍼지는 아침 햇볕에
풀잎도 번쩍이며
바람은 속삭여라.
그러나
아아 내 몸의 상처받은 맘이여
맘은 오히려 저프고 아픔에 고요히 떨려라
또 다시금 나는 이 한때에
사람에게 있는 엄숙을 모두 느끼면서.

◆ 저프고: 두렵고.

바라건대는 우리에게 우리의 보습 대일 땅이 있었더면

나는 꿈꾸었노라, 동무들과 내가 가지런히
벌 가의 하루 일을 다 마치고
석양에 마을로 돌아오는 꿈을,
즐거이, 꿈 가운데.

그러나 집 잃은 내 몸이여,
바라건대는 우리에게 우리의 보습 대일 땅이 있었더면!
이처럼 떠돌으랴, 아침에 저물 손에
새라새로운 탄식을 얻으면서.

동이랴, 남북이랴,
내 몸은 떠가나니, 볼지어다.
희망의 반짝임은, 별빛이 아득임은,
물결뿐 떠올라라, 가슴에 팔다리에.

그러나 어쩌면 황송한 이 심정을! 날로 나날이 내 앞에는
자칫 가늘은 길이 이어가라. 나는 나아가리라
한 걸음, 또 한 걸음. 보이는 산비탈엔
온 새벽 동무들, 저 저 혼자…… 산경(山耕)을 김매이는.

밭고랑 위에서

우리 두 사람은
키 높이 가득 자란 보리밭, 밭고랑 위에 앉았어라.
일을 필하고 쉬이는 동안의 기쁨이여.
지금 두 사람의 이야기에는 꽃이 필 때.

오오 빛나는 태양은 내려쪼이며
새 무리들도 즐거운 노래, 노래 불러라.
오오 은혜여, 살아 있는 몸에는 넘치는 은혜여,
모든 은근스러움이 우리의 맘속을 차지하여라.

세계의 끝은 어디? 자애의 하늘은 넓게도 덮였는데.
우리 두 사람은 일하며, 살아 있어서,
하늘과 태양을 바라보아라, 날마다 날마다도,
새라새로운 환희를 지어내며, 늘 같은 땅 위에서.

다시 한번 활기 있게 웃고 나서, 우리 두 사람은
바람에 일리우는 보리밭 속으로
호미 들고 들어갔어라, 가지런히 가지런히,
걸어 나아가는 기쁨이여, 오오 생명의 향상이여.

저녁때

마소의 무리와 사람들은 돌아들고, 적적히 빈 들에,
억머구리 소리 우거져라.
푸른 하늘은 더욱 낮추, 먼 산 비탈길 어둔데
우뚝우뚝한 드높은 나무, 잘새도 깃들여라.

볼수록 넓은 벌의
물빛을 물끄러미 들여다보며
고개 수그리고 박은 듯이 홀로 서서
긴 한숨을 짓느냐, 왜 이다지!

온 것을 아주 잊었어라, 깊은 밤 예서 함께
몸이 생각에 가비엽고, 맘이 더 높이 떠오를 때.
문득, 멀지 않은 갈숲 새로
별빛이 솟구어라.

합장(合掌)

들이라. 단 두 몸이라. 밤빛은 배어 와라.
아, 이거 봐, 우거진 나무 아래로 달 들어라.
우리는 말하며 걸었어라, 바람은 부는 대로.

등불 빛에 거리는 해적여라, 희미한 하느편에
고이 밝은 그림자 아득이고
퍽도 가까인, 풀밭에서 이슬이 번쩍여라.

밤은 막 깊어, 사방은 고요한데,
이마즉, 말도 안 하고, 더 안 가고,
길가에 우두커니. 눈 감고 마주 서서.

먼먼 산. 산 절의 절 종소리. 달빛은 지새어라.

◆ 하느편: 서쪽.

묵념

이슥한 밤, 밤기운 서늘할 제
홀로 창턱에 걸터앉아, 두 다리 늘이우고,
첫 머구리 소리를 들어라.
애처롭게도, 그대는 먼첨 혼자서 잠드누나.

내 몸은 생각에 잠잠할 때. 희미한 수풀로서
촌가(村家)의 액막이제(祭) 지내는 불빛은 새어 오며,
이윽고, 비난수도 머구리 소리와 함께 잦아져라.
가득히 차오는 내 심령(心靈)은…… 하늘과 땅 사이에.

나는 무심히 일어 걸어 그대의 잠든 몸 위에 기대어라
움직임 다시 없이, 만뢰(萬籟)는 구적(俱寂)한데,
희요(熙耀)히 내려비추는 별빛들이
내 몸을 이끌어라, 무한히 더 가깝게.

열락(悅樂)

어둡게 깊게 목메인 하늘.
꿈의 품속으로서 굴러나오는
애달피 잠 안오는 유령(幽靈)의 눈결.
그림자 검은 개버드나무에
쏟아져 내리는 비의 줄기는
흐느껴 비끼는 주문(呪文)의 소리.

시커먼 머리채 풀어 헤치고
아우성하면서 가시는 따님.
헐벗은 벌레들은 꿈틀일 때,
흑혈(黑血)의 바다. 고목(枯木) 동굴.
탁목조(啄木鳥)의
쪼아리는 소리, 쪼아리는 소리.

무덤

그 누가 나를 헤내는 부르는 소리
불그스름한 언덕, 여기저기
돌무더기도 움직이며, 달빛에,
소리만 남은 노래 서리워 엉겨라,
옛 조상들의 기록을 묻어 둔 그곳!
나는 두루 찾노라, 그곳에서,
형적 없는 노래 흘러 퍼져,
그림자 가득한 언덕으로 여기저기,
그 누구가 나를 헤내는 부르는 소리
부르는 소리, 부르는 소리,
내 넋을 잡아끌어 헤내는 부르는 소리.

비난수하는 맘

함께하려노라, 비난수하는 나의 맘,
모든 것을 한 짐에 묶어 가지고 가기까지,
아침이면 이슬 맞은 바위의 붉은 줄로,
기어오르는 해를 바라다보며, 입을 벌리고.

떠돌아라, 비난수하는 맘이여, 갈매기같이,
다만 무덤뿐이 그늘을 얼른이는 하늘 위를,
바닷가의. 잃어버린 세상의 있다던 모든 것들은
차라리 내 몸이 죽어 가서 없어진 것만도 못하건만.

또는 비난수하는 나의 맘, 헐벗은 산 위에서,
떨어진 잎 타서 오르는, 냇내의 한 줄기로,
바람에 나부끼라 저녁은, 흩어진 거미줄의
밤에 맺었던 이슬은 곧 다시 떨어진다고 할지라도.

함께하려 하노라, 오오 비난수하는 나의 맘이여,
있다가 없어지는 세상에는
오직 날과 날이 닭 소리와 함께 달아나 버리며,
가까운, 오오 가까운 그대뿐이 내게 있거라!

♦ 냇내: 연기.

찬 저녁

퍼르스렷한 달은, 성황당의
데군데군 헐어진 담 모도리에
우두키 걸리었고, 바위 위의
까마귀 한 쌍, 바람에 나래를 펴라.

엉기한 무덤들은 들먹거리며,
눈 녹아 황토 드러난 멧기슭의,
여기라, 거리 불빛도 떨어져 나와,
집 짓고 들었노라, 오오 가슴이여

세상은 무덤보다도 다시 멀고
눈물은 물보다 더 더움이 없어라.
오오 가슴이여, 모닥불 피어오르는
내 한세상, 마당가의 가을도 갔어라.

그러나 나는, 오히려 나는
소리를 들어라, 눈석이물이 씨거리는,
땅 위에 누워서, 밤마다 누워,
담 모도리에 걸린 달을 내가 또 봄으로.

♦ 모도리: 모서리.　　♦ 우두키: 우두커니.
♦ 엉기한: 엉긴.　　♦ 씨거리는: 지껄이는.

118

초혼(招魂)

산산이 부서진 이름이여!
허공 중에 헤어진 이름이여!
불러도 주인 없는 이름이여!
부르다가 내가 죽을 이름이여!

심중에 남아 있는 말 한마디는
끝끝내 마저 하지 못하였구나.
사랑하던 그 사람이여!
사랑하던 그 사람이여!

붉은 해는 서산 마루에 걸리었다.
사슴이의 무리도 슬피 운다.
떨어져 나가 앉은 산 위에서
나는 그대의 이름을 부르노라.

설움에 겹도록 부르노라.
설움에 겹도록 부르노라.
부르는 소리는 비껴가지만
하늘과 땅 사이가 너무 넓구나.

선 채로 이 자리에 돌이 되어도
부르다가 내가 죽을 이름이여!
사랑하던 그 사람이여!
사랑하던 그 사람이여!

여수(旅愁)

1

유월 어스름 때의 빗줄기는
암황색의 시골(屍骨)을 묶어 세운 듯,
뜨며 흐르며 잠기는 손의 널쪽은
지향도 없어라, 단청(丹靑)의 홍문(紅門)!

2

저 오늘도 그리운 바다,
건너다보자니 눈물겨워라!
조그마한 보드라운 그 옛적 심정의
분결 같던 그대의 손의
사시나무보다도 더한 아픔이
내 몸을 에워싸고 휘떨며 찔러라,
나서 자란 고향의 해 돋는 바다요.

개여울의 노래

그대가 바람으로 생겨났으면!
달 돋는 개여울의 빈 들 속에서
내 옷의 앞자락을 불기나 하지.

우리가 굼벵이로 생겨났으면!
비 오는 저녁 캄캄한 영 기슭의
미욱한 꿈이나 꾸어를 보지.

만일에 그대가 바다 난 끝의
벼랑에 돌로나 생겨났더면
둘이 안고 구르며 떨어나 지지.

만일에 나의 몸이 불귀신이면
그대의 가슴속을 밤 도와 태워
둘이 함께 재 되어 스러지지.

길

어제도 하룻밤
나그네 집에
까마귀 가왁가왁 울며 새웠소.

오늘은
또 몇십 리
어디로 갈까.

산으로 올라갈까
들로 갈까
오라는 곳이 없어 나는 못 가오.

말 마소, 내 집도
정주 곽산
차 가고 배 가는 곳이라오.

여보소 공중에
저 기러기
공중엔 길 있어서 잘 가는가?

여보소 공중에
저 기러기
열십자 복판에 내가 섰소.

갈래갈래 갈린 길
길이라도
내게 바이 갈 길은 하나 없소.

개여울

당신은 무슨 일로
그리합니까?
홀로이 개여울에 주저앉아서

파릇한 풀포기가
돋아 나오고
잔물은 봄바람에 해적일 때에

가도 아주 가지는
않노라시던
그러한 약속이 있었겠지요

날마다 개여울에
나와 앉아서
하염없이 무엇을 생각합니다

가도 아주 가지는
않노라심은
굳이 잊지 말라는 부탁인지요

가는 길

그립다
말을 할까
하니 그리워

그냥 갈까
그래도
다시 더 한번……

저 산에도 까마귀, 들에 까마귀
서산에는 해 진다고
지저귑니다.

앞 강물 뒷 강물
흐르는 물은
어서 따라오라고 따라가자고
흘러도 연달아 흐릅디다려.

왕십리

비가 온다
오누나
오는 비는
올지라도 한 닷새 왔으면 좋지.

여드레 스무날엔
온다고 하고
초하루 삭망이면 간다고 했지.
가도 가도 왕십리 비가 오네.

웬걸, 저 새야
울려거든
왕십리 건너가서 울어나 다고,
비 맞아 나른해서 벌새가 운다.

천안에 삼거리 실버들도
촉촉이 젖어서 늘어졌다데.
비가 와도 한 닷새 왔으면 좋지.
구름도 산마루에 걸려서 운다.

원앙침

바드득 이를 갈고
죽어 볼까요
창가에 아롱아롱
달이 비친다

눈물은 새우잠의
팔굽베개요
봄꿩은 잠이 없어
밤에 와 운다.

두동달이베개는
어디 갔는고
언제는 둘이 자던 베갯머리에
'죽자 사자' 언약도 하여 보았지.

봄 메의 멧기슭에
우는 접동도
내 사랑 내 사랑
좋이 울것다.

두동달이베개는
어디 갔는고
창가에 아롱아롱
달이 비친다.

무심(無心)

시집와서 삼 년
오는 봄은
거친 벌 난벌에 왔습니다

거친 벌 난벌에 피는 꽃은
졌다가도 피노라 이릅디다
소식 없이 기다린
이태 삼 년

바로 가던 앞 강이 간 봄부터
굽이돌아 휘돌아 흐른다고
그러나 말 마소, 앞 여울의
물빛은 예대로 푸르렀소

시집와서 삼 년
어느 때나
터진개 개여울의 여울물은
거친 벌 난벌에 흘렀습니다.

◆ 터진개: 트여 있는 개천.

산

산새도 오리나무
위에서 운다
산새는 왜 우노, 시메산골
영(嶺) 넘어가려고 그래서 울지.

눈은 내리네, 와서 덮이네.
오늘도 하룻길
칠팔십 리
돌아서서 육십 리는 가기도 했소.

불귀(不歸), 불귀, 다시 불귀,
삼수갑산에 다시 불귀.
사나이 속이라 잊으련만,
십오 년 정분을 못 잊겠네

산에는 오는 눈, 들에는 녹는 눈.
산새도 오리나무
위에서 운다.
삼수갑산 가는 길은 고개의 길.

진달래꽃

나 보기가 역겨워
가실 때에는
말없이 고이 보내 드리우리다

영변에 약산(藥山)
진달래꽃
아름 따다 가실 길에 뿌리우리다

가시는 걸음 걸음
놓인 그 꽃을
사뿐히 즈려밟고 가시옵소서

나 보기가 역겨워
가실 때에는
죽어도 아니 눈물 흘리우리다

삭주구성(朔州龜城)

물로 사흘 배 사흘
먼 삼천 리
더더구나 걸어 넘는 먼 삼천 리
삭주구성은 산을 넘은 육천 리요

물 맞아 함빡이 젖은 제비도
가다가 비에 걸려 오노랍니다
저녁에는 높은 산
밤에 높은 산

삭주구성은 산 너머
먼 육천 리
가끔가끔 꿈에는 사오천 리
가다 오다 돌아오는 길이겠지요

서로 떠난 몸이길래 몸이 그리워
님을 둔 곳이길래 곳이 그리워
못 보았소 새들도 집이 그리워
남북으로 오며 가며 아니합디까

들 끝에 날아가는 나는 구름은
밤쯤은 어디 바로 가 있을 텐고
삭주구성은 산 너머
먼 육천 리

널

성촌(城村)의 아가씨들
널뛰노나
초파일날이라고
널을 뛰지요

바람 불어요
바람이 분다고!
담 안에는 수양(垂楊)의 버드나무
채색(彩色) 줄 층층 그네 매지를 말아요

담 밖에는 수양의 늘어진 가지
늘어진 가지는
오오 누나!
휘젓이 늘어져서 그늘이 깊소.

좋다 봄날은
몸에 겹지
널뛰는 성촌의 아가씨네들
널은 사랑의 버릇이라오

춘향과 이도령

평양에 대동강은
우리나라에
곱기로 으뜸가는 가람이지요

삼천리 가다 가다 한가운데는
우뚝한 삼각산이
솟기도 했소

그래 옳소 내 누님, 오오 누이님
우리나라 섬기던 한 옛적에는
춘향과 이도령도 살았다지요

이편에는 함양, 저편에 담양,
꿈에는 가끔가끔 산을 넘어
오작교 찾아 찾아 가기도 했소

그래 옳소 누이님 오오 내 누님
해 돋고 달 돋아 남원 땅에는
성춘향 아가씨가 살았다지요

접동새

접동
접동
아우래비 접동

진두강 가람가에 살던 누나는
진두강 앞 마을에
와서 웁니다

옛날, 우리나라
먼 뒤쪽의
진두강 가람가에 살던 누나는
의붓어미 시샘에 죽었습니다

누나라고 불러 보랴
오오 불설워
시새움에 몸이 죽은 우리 누나는
죽어서 접동새가 되었습니다

아홉이나 남아 되던 오랩동생을
죽어서도 못 잊어 차마 못 잊어

야삼경 남 다 자는 밤이 깊으면

이 산 저 산 옮아가며 슬피 웁니다

◆ 불설워: 몹시 서러워.

집 생각

산에나 올라서서
바다를 보라
사면에 백열 리(里), 창파(滄波) 중에
객선만 중중…… 떠나간다.

명산대찰이 그 어디메냐
향안(香案), 향탑(香榻), 대그릇에,
석양이 산머리 넘어가고
사면에 백열 리, 물소리라

'젊어서 꽃 같은 오늘날로
금의(錦衣)로 환고향(還故鄕)하옵소사.'
객선만 중중…… 떠나간다
사면에 백열 리, 나 어찌 갈까

까투리도 산속에 새끼 치고
타관만리에 와 있노라고
산중만 바라보며 목메인다
눈물이 앞을 가리운다고

들에나 내려오면

치어다보라

해님과 달님이 넘나든 고개

구름만 첩첩…… 떠돌아 간다

산유화

산에는 꽃 피네
꽃이 피네
갈 봄 여름 없이
꽃이 피네

산에
산에
피는 꽃은
저만치 혼자서 피어 있네

산에서 우는 작은 새요
꽃이 좋아
산에서
사노라네

산에는 꽃 지네
꽃이 지네
갈 봄 여름 없이
꽃이 지네

꽃 촉불 켜는 밤

꽃 촉불 켜는 밤, 깊은 골방에 만나라.
아직 젊어 모를 몸, 그래도 그들은
'해 달같이 밝은 맘, 저저마다 있노라.'
그러나 사랑은, 한두 번이 아니라, 그들은 모르고.

꽃 촉불 켜는 밤, 어스레한 창 아래 만나라.
아직 앞길 모를 몸, 그래도 그들은
'솔대같이 굳은 맘, 저저마다 있노라.'
그러나 세상은, 눈물 날 일 많아라, 그들은 모르고.

부귀공명

거울 들어 마주온 내 얼굴을
좀더 미리부터 알았던들!
늙는 날 죽는 날을
사람은 다 모르고 사는 탓에,
오오 오직 이것이 참이라면,
그러나 내 세상이 어디인지?
지금부터 두여들 좋은 연광(年光)
다시 와서 내게도 있을 말로
전보다 좀더 전보다 좀더
살음직이 살는지 모르련만.
거울 들어 마주온 내 얼굴을
좀더 미리부터 알았던들!

◆ 마주온: 마주한.

추회(追悔)

나쁜 일까지라도 생의 노력,
그 사람은 선사(善事)도 하였어라
그러나 그것도 허사라고!
나 역시 알지마는, 우리들은
끝끝내 고개를 넘고 넘어
짐 싣고 닫던 말도 순막집의
허청(虛廳) 가, 석양 손에
고요히 조으는 한때는 다 있나니,
고요히 조으는 한때는 다 있나니.

무신(無信)

그대가 돌이켜 물을 줄도 내가 아노라,
"무엇이 무신함이 있더냐?" 하고,
그러나 무엇 하랴 오늘날은
야속히도 당장에 우리 눈으로
볼 수 없는 그것을, 물과 같이
흘러가서 없어진 맘이라고 하면.

검은 구름은 멧기슭에서 어정거리며,
애처롭게도 우는 산의 사슴이
내 품에 속속들이 붙안기는 듯.
그러나 밀물도 쎄이고 밤은 어두워
닻 주었던 자리는 알 길이 없어라.
시정(市井)의 흥정 일은
외상으로 주고받기도 하건마는.

♦ 쎄이고: 쓸려 나가고.

꿈길

물구슬의 봄 새벽 아득한 길
하늘이며 들 사이에 넓은 숲
젖은 향기 불긋한 잎 위의 길
실그물의 바람 비쳐 젖은 숲
나는 걸어가노라 이러한 길
밤저녁의 그늘진 그대의 꿈
흔들리는 다리 위 무지개 길
바람조차 가을 봄 거츠는 꿈

♦ 거츠는: 거치는, 거친.

사노라면 사람은 죽는 것을

하루라도 몇 번씩 내 생각은
내가 무엇 하려고 살려는지?
모르고 살았노라, 그럴 말로
그러나 흐르는 저 냇물이
흘러가서 바다로 든댈진댄.
일로조차 그러면, 이내 몸은
애쓴다고는 말부터 잊으리라.
사노라면 사람은 죽는 것을
그러나, 다시 내 몸,
봄빛의 불붙는 사태흙에
집 짓는 저 개아미
나도 살려 하노라, 그와 같이
사는 날 그날까지
살음에 즐거워서,
사는 것이 사람의 본뜻이면
오오 그러면 내 몸에는
다시는 애쓸 일도 더 없어라
사노라면 사람은 죽는 것을.

◆ 개아미: 개미.

하다못해 죽어 달래가 옳나

아주 나는 바랄 것 더 없노라
빛이랴 허공이랴,
소리만 남은 내 노래를
바람에나 띄워서 보낼밖에.
하다못해 죽어 달래가 옳나
좀더 높은 데서나 보았으면!

한세상 다 살아도
살은 뒤 없을 것을,
내가 다 아노라 지금까지
살아서 이만큼 자랐으니.
예전에 지나 본 모든 일을
살았다고 이를 수 있을진댄!

물가의 닳아져 널린 굴 꺼풀에
붉은 가시덤불 벋어 늙고
어둑어둑 저문 날을
비바람에 울지는 돌무더기
하다못해 죽어 달래가 옳나
밤의 고요한 때라도 지켰으면!

희망

날은 저물고 눈이 내려라
낯설은 물가으로 내가 왔을 때.
산속의 올빼미 울고 울며
떨어진 잎들은 눈 아래로 깔려라.

아아 숙살(肅殺)스러운 풍경이여
지혜의 눈물을 내가 얻을 때!
이제금 알기는 알았건마는!
이 세상 모든 것을
한갓 아름다운 눈어림의
그림자뿐인 줄을.

이울어 향기 깊은 가을밤에
우무주러진 나무 그림자
바람과 비가 우는 낙엽 위에.

♦ 우무주러진: 우므러진.

전망

부엿한 하늘, 날도 채 밝지 않았는데,
흰 눈이 우멍구멍 쌔운 새벽,
저 남편 물가 위에
이상한 구름은 층층대 떠올라라.

마을 아기는
무리 지어 서재로 올라들 가고,
시집살이하는 젊은이들은
가끔가끔 우물길 나들어라.

소삭(蕭索)한 난간 위를 거닐으며
내가 볼 때 온 아침, 내 가슴의,
좁혀 옮긴 그림장이 한 옆을,
한갓 더운 눈물로 어룽지게.

어깨 위에 총 맨 사냥바치
반백의 머리털에 바람 불며
한번 달음박질. 올 길 다 왔어라.
흰 눈이 만산편야 쌔운 아침.

♦ 쌔운: 쌓인.

150

나는 세상 모르고 살았노라

'가고 오지 못한다' 하는 말을
철없던 내 귀로 들었노라.
만수산 올라서서
옛날에 갈라선 그 내 님도
오늘날 뵈올 수 있었으면

나는 세상 모르고 살았노라,
고락에 겨운 입술로는
같은 말도 조금 더 영리하게
말하게도 지금은 되었건만.
오히려 세상 모르고 살았으면!

'돌아서면 무심타'고 하는 말이
그 무슨 뜻인 줄을 알았으랴.
제석산 붙는 불은 옛날에 갈라선 그 내 님의
무덤엣 풀이라도 태웠으면!

금잔디

잔디,
잔디,
금잔디,
심심산천에 붙는 불은
가신 님 무덤가에 금잔디
봄이 왔네, 봄빛이 왔네
버드나무 끝에도 실가지에.
봄빛이 왔네, 봄날이 왔네
심심산천에도 금잔디에.

강촌

날 저물고 돋는 달에
흰 물은 솰솰……
금모래 반짝……
청노새 몰고 가는 낭군!
여기는 강촌
강촌에 내 몸은 홀로 사네.
말하자면, 나도 나도
늦은 봄 오늘이 다 진(盡)토록
백년처권(百年妻眷)을 울고 가네.
길쎄 저문 나는 선비,
당신은 강촌에 홀로된 몸.

♦ 길쎄: 날씨.

첫 치마

봄은 가나니 저문 날에,
꽃은 지나니 저문 봄에,
속없이 우나니, 지는 꽃을,
속없이 느끼나니 가는 봄을.
꽃 지고 잎 진 가지를 잡고
미친 듯 우나니, 집난이는
해 다 지고 저문 봄에
허리에도 감은 첫 치마를
눈물로 함빡이 쥐어짜며
속없이 우누나 지는 꽃을,
속없이 느끼누나, 가는 봄을.

◆ 집난이: 시집간 딸.

달맞이

정월 대보름날 달맞이,
달맞이 달마중을, 가자고!
새라새 옷은 갈아입고도
가슴엔 묵은 설움 그대로,
달맞이 달마중을, 가자고!
달마중 가자고 이웃집들!
산 위에 수면에 달 솟을 때,
돌아들 가자고, 이웃집들!
모작별 삼성이 떨어질 때.
달맞이 달마중을 가자고!
다니던 옛 동무 무덤가에
정월 대보름날 달맞이!

엄마야 누나야

엄마야 누나야 강변 살자,
뜰에는 반짝이는 금모래 빛,
뒷문 밖에는 갈잎의 노래
엄마야 누나야 강변 살자.

닭은 꼬꾸요

닭은 꼬꾸요, 꼬꾸요 울 제,
헛잡으니 두 팔은 밀려났네.
애도 타리만치 기나긴 밤은……
꿈 깨친 뒤엔 감도록 잠 아니 오네.

위에는 청초(靑草) 언덕, 곳은 깁섬,
엊저녁 대인 남포(南浦) 뱃간.
몸을 잡고 뒤재며 누웠으면
솜솜하게도 감도록 그리워 오네.

아무리 보아도
밝은 등불, 어스렷한데.
감으면 눈 속엔 흰 모래밭,
모래에 어린 안개는 물 위에 슬 제

대동강 뱃나루에 해 돋아 오네.

한용운 『님의 침묵』(회동서관 1926)

군말

'님'만 님이 아니라 기룬 것은 다 님이다 중생이 석가의 님이라면 철학은 칸트의 님이다 장미화의 님이 봄비라면 마치니의 님은 이태리다 님은 내가 사랑할 뿐 아니라 나를 사랑하나니라

연애가 자유라면 님도 자유일 것이다 그러나 너희는 이름 좋은 자유에 알뜰한 구속을 받지 않느냐 너에게도 님이 있느냐 있다면 님이 아니라 너의 그림자니라

나는 해 저문 벌판에서 돌아가는 길을 잃고 헤매는 어린 양이 기루어서 이 시를 쓴다

저자

님의 침묵

님은 갔습니다 아아 사랑하는 나의 님은 갔습니다

푸른 산빛을 깨치고 단풍나무 숲을 향하여 난 적은 길을 걸어서 차마 떨치고 갔습니다

황금의 꽃같이 굳고 빛나던 옛 맹서는 차디찬 티끌이 되어서 한숨의 미풍에 날아갔습니다

날카로운 첫 키스의 추억은 나의 운명의 지침을 돌려놓고 뒷걸음쳐서 사라졌습니다

나는 향기로운 님의 말소리에 귀먹고 꽃다운 님의 얼굴에 눈멀었습니다

사랑도 사람의 일이라 만날 때에 미리 떠날 것을 염려하고 경계하지 아니한 것은 아니지만 이별은 뜻밖의 일이 되고 놀란 가슴은 새로운 슬픔에 터집니다

그러나 이별을 쓸데없는 눈물의 원천을 만들고 마는 것은 스스로 사랑을 깨치는 것인 줄 아는 까닭에 걷잡을 수 없는 슬픔의 힘을 옮겨서 새 희망의 정수박이에 들어부었습니다

우리는 만날 때에 떠날 것을 염려하는 것과 같이 떠날 때에 다시 만날 것을 믿습니다

아아 님은 갔지마는 나는 님을 보내지 아니하였습니다

제 곡조를 못 이기는 사랑의 노래는 님의 침묵을 휩싸고 돕니다

이별은 미(美)의 창조

　이별은 미의 창조입니다

　이별의 미는 아침의 바탕 없는 황금과 밤의 올 없는 검은 비단
과 죽음 없는 영원의 생명과 시들지 않는 하늘의 푸른 꽃에도 없
습니다

　님이여 이별이 아니면 나는 눈물에서 죽었다가 웃음에서 다
시 살아날 수가 없습니다 오오 이별이여

　미는 이별의 창조입니다

알 수 없어요

　바람도 없는 공중에 수직의 파문을 내이며 고요히 떨어지는 오동잎은 누구의 발자취입니까

　지리한 장마 끝에 서풍에 몰려가는 무서운 검은 구름의 터진 틈으로 언뜻언뜻 보이는 푸른 하늘은 누구의 얼굴입니까

　꽃도 없는 깊은 나무에 푸른 이끼를 거쳐서 옛 탑 위의 고요한 하늘을 스치는 알 수 없는 향기는 누구의 입김입니까

　근원은 알지도 못할 곳에서 나서 돌부리를 울리고 가늘게 흐르는 적은 시내는 굽이굽이 누구의 노래입니까

　연꽃 같은 발꿈치로 가이없는 바다를 밟고 옥 같은 손으로 끝없는 하늘을 만지면서 떨어지는 날을 곱게 단장하는 저녁놀은 누구의 시입니까

　타고 남은 재가 다시 기름이 됩니다 그칠 줄을 모르고 타는 나의 가슴은 누구의 밤을 지키는 약한 등불입니까

나는 잊고저

남들은 님을 생각한다지만
나는 님을 잊고저 하여요
잊고저 할수록 생각하기로
행여 잊힐까 하고 생각하여 보았습니다

잊으려면 생각하고
생각하면 잊히지 아니하니
잊도 말고 생각도 말아 볼까요
잊든지 생각든지 내버려 두어 볼까요
그러나 그리도 아니 되고
끊임없는 생각 생각에 님뿐인데 어찌하여요

구태여 잊으려면
잊을 수가 없는 것은 아니지만
잠과 죽음뿐이기로
님 두고는 못 하여요

아아 잊히지 않는 생각보다
잊고저 하는 그것이 더욱 괴롭습니다

◆ 생각히고: 생각나고.

가지 마셔요

그것은 어머니의 가슴에 머리를 숙이고 자기자기한 사랑을 받으려고 삐죽거리는 입술로 표정하는 어여쁜 아기를 싸안으려는 사랑의 날개가 아니라 적의 깃발입니다

그것은 자비의 백호(白毫) 광명이 아니라 번득거리는 악마의 눈빛입니다

그것은 면류관과 황금의 누리와 죽음과를 본 체도 아니하고 몸과 마음을 돌돌 뭉쳐서 사랑의 바다에 풍당 넣으려는 사랑의 여신이 아니라 칼의 웃음입니다

아아 님이여 위안에 목마른 나의 님이여 걸음을 돌리셔요 거기를 가지 마셔요 나는 싫어요

대지의 음악은 무궁화 그늘에 잠들었습니다

광명의 꿈은 검은 바다에서 자맥질합니다

무서운 침묵은 만상의 속살거림에 서슬이 푸른 교훈을 내리고 있습니다

아아 님이여 새 생명의 꽃에 취하려는 나의 님이여 걸음을 돌리셔요 거기를 가지 마셔요 나는 싫어요

거룩한 천사의 세례를 받은 순결한 청춘을 똑 따서 그 속에 자기의 생명을 넣어서 그것을 사랑의 제단에 제물로 드리는 어여

쁜 처녀가 어데 있어요

　달금하고 맑은 향기를 꿀벌에게 주고 다른 꿀벌에게 주지 않는 이상한 백합꽃이 어데 있어요

　자신의 전체를 죽음의 청산에 장사 지내고 흐르는 빛으로 밤을 두 쪼각에 베히는 반딧불이 어데 있어요

　아아 님이여 정에 순사(殉死)하려는 나의 님이여 걸음을 돌리셔요 거기를 가지 마셔요 나는 싫어요

　그 나라에는 허공이 없습니다

　그 나라에는 그림자 없는 사람들이 전쟁을 하고 있습니다

　그 나라에는 우주만상의 모든 생명의 쇳대를 가지고 척도(尺度)를 초월한 삼엄한 궤율(軌律)로 진행하는 위대한 시간이 정지되었습니다

　아아 님이여 죽음을 방향(芳香)이라고 하는 나의 님이여 걸음을 돌리셔요 거기를 가지 마셔요 나는 싫어요

고적한 밤

하늘에는 달이 없고 땅에는 바람이 없습니다
사람들은 소리가 없고 나는 마음이 없습니다

우주는 죽음인가요
인생은 잠인가요

한 가닥은 눈썹에 걸치고 한 가닥은 적은 별에 걸쳤던 님 생각
의 금실은 살살살 걷힙니다
한 손에는 황금의 칼을 들고 한 손으로 천국의 꽃을 꺾던 환상
의 여왕도 그림자를 감추었습니다
아아 님 생각의 금실과 환상의 여왕이 두 손을 마주 잡고 눈물
의 속에서 정사(情死)한 줄이야 누가 알아요

우주는 죽음인가요
인생은 눈물인가요
인생이 눈물이면
죽음은 사랑인가요

나의 길

이 세상에는 길도 많기도 합니다

산에는 돌길이 있습니다 바다에는 뱃길이 있습니다 공중에는 달과 별의 길이 있습니다

강가에서 낚시질하는 사람은 모래 위에 발자취를 내입니다 들에서 나물 캐는 여자는 방초(芳草)를 밟습니다

악한 사람은 죄의 길을 좇아갑니다

의(義) 있는 사람은 옳은 일을 위하여는 칼날을 밟습니다

서산에 지는 해는 붉은 놀을 밟습니다

봄 아침의 맑은 이슬은 꽃머리에서 미끄럼 탑니다

그러나 나의 길은 이 세상에 둘밖에 없습니다

하나는 님의 품에 안기는 길입니다

그렇지 아니하면 죽음의 품에 안기는 길입니다

그것은 만일 님의 품에 안기지 못하면 다른 길은 죽음의 길보다 험하고 괴로운 까닭입니다

아아 나의 길은 누가 내었습니까

아아 이 세상에는 님이 아니고는 나의 길을 내일 수가 없습니다

그런데 나의 길을 님이 내었으면 죽음의 길은 왜 내셨을까요

꿈 깨고서

님이면은 나를 사랑하련마는 밤마다 문밖에 와서 발자취 소리
만 내이고 한 번도 들어오지 아니하고 도로 가니 그것이 사랑인
가요
  그러나 나는 발자취나마 님의 문밖에 가 본 적이 없습니다
  아마 사랑은 님에게만 있나 봐요

  아아 발자취 소리나 아니더면 꿈이나 아니 깨었으련마는
  꿈은 님을 찾아가려고 구름을 탔었어요

예술가

　나는 서투른 화가여요
　잠 아니 오는 잠자리에 누워서 손가락을 가슴에 대이고 당신의 코와 입과 두 볼에 새암 파지는 것까지 그렸습니다
　그러나 언제든지 적은 웃음이 떠도는 당신의 눈자위는 그리다가 백 번이나 지웠습니다

　나는 파겁 못 한 성악가여요
　이웃 사람도 돌아가고 버러지 소리도 그쳤는데 당신의 가르쳐 주시던 노래를 부르려다가 조는 고양이가 부끄러워서 부르지 못하였습니다
　그래서 가는 바람이 문풍지를 스칠 때에 가만히 합창하였습니다

　나는 서정 시인이 되기에는 너무도 소질이 없나 봐요
　'즐거움'이니 '슬픔'이니 '사랑'이니 그런 것은 쓰기 싫어요
　당신의 얼굴과 소리와 걸음걸이와를 그대로 쓰고 싶습니다
　그러고 당신의 집과 침대와 꽃밭에 있는 적은 돌도 쓰겠습니다

◆ 새암: 샘.

이별

아아 사람은 약한 것이다 여린 것이다 간사한 것이다
이 세상에는 진정한 사랑의 이별은 있을 수가 없는 것이다
죽음으로 사랑을 바꾸는 님과 님에게야 무슨 이별이 있으랴
이별의 눈물은 물거품의 꽃이요 도금한 금방울이다

칼로 베힌 이별의 키스가 어데 있느냐
생명의 꽃으로 빚은 이별의 두견주(杜鵑酒)가 어데 있느냐
피의 홍보석(紅寶石)으로 만든 이별의 기념 반지가 어데 있느냐
이별의 눈물은 저주의 마니주(摩尼珠)요 거짓의 수정(水晶)이다

사랑의 이별은 이별의 반면(反面)에 반드시 이별하는 사랑보
다 더 큰 사랑이 있는 것이다
혹은 직접의 사랑은 아닐지라도 간접의 사랑이라도 있는 것
이다
다시 말하면 이별하는 애인보다 자기를 더 사랑하는 것이다
만일 애인을 자기의 생명보다 더 사랑하면 무궁(無窮)을 회전
하는 시간의 수레바퀴에 이끼가 끼도록 사랑의 이별은 없는 것
이다

아니다 아니다 '참'보다도 참인 님의 사랑엔 죽음보다도 이별

이 훨씬 위대하다

죽음이 한 방울의 찬 이슬이라면 이별은 일천 줄기의 꽃비다

죽음이 밝은 별이라면 이별은 거룩한 태양이다

생명보다 사랑하는 애인을 사랑하기 위하여는 죽을 수가 없는 것이다

진정한 사랑을 위하여는 괴롭게 사는 것이 죽음보다도 더 큰 희생이다

이별은 사랑을 위하여 죽지 못하는 가장 큰 고통이요 보은(報恩)이다

애인은 이별보다 애인의 죽음을 더 슬퍼하는 까닭이다

사랑은 붉은 촛불이나 푸른 술에만 있는 것이 아니라 먼 마음을 서로 비치는 무형(無形)에도 있는 까닭이다

그러므로 사랑하는 애인을 죽음에서 잊지 못하고 이별에서 생각하는 것이다

그러므로 사랑하는 애인을 죽음에서 웃지 못하고 이별에서 우는 것이다

그러므로 애인을 위하여는 이별의 원한을 죽음의 유쾌로 갚지 못하고 슬픔의 고통으로 참는 것이다

그러므로 사랑은 차마 죽지 못하고 차마 이별하는 사랑보다 더 큰 사랑은 없는 것이다

그러고 진정한 사랑은 곳이 없다

진정한 사랑은 애인의 포옹만 사랑할 뿐 아니라 애인의 이별도 사랑하는 것이다

그러고 진정한 사랑은 때가 없다

진정한 사랑은 간단(間斷)이 없어서 이별은 애인의 육(肉)뿐이요 사랑은 무궁이다

아아 진정한 애인을 사랑함에는 죽음은 칼을 주는 것이요 이별은 꽃을 주는 것이다

아아 이별의 눈물은 진(眞)이요 선(善)이요 미(美)다

아아 이별의 눈물은 석가요 모세요 잔다르크다

길이 막혀

당신의 얼굴은 달도 아니언만
산 넘고 물 넘어 나의 마음을 비춥니다

나의 손길은 왜 그리 쩔러서
눈앞에 보이는 당신의 가슴을 못 만지나요

당신이 오기로 못 올 것이 무엇이며
내가 가기로 못 갈 것 없지마는
산에는 사다리가 없고
물에는 배가 없어요

뉘라서 사다리를 떼고 배를 깨트렸습니까
나는 보석으로 사다리 놓고 진주로 배 모아요
오시려도 길이 막혀서 못 오시는 당신이 기루어요

♦ 쩔러서: 짧아서.

자유 정조(貞操)

　내가 당신을 기다리고 있는 것은 기다리고자 하는 것이 아니
라 기다려지는 것입니다
　말하자면 당신을 기다리는 것은 정조보다도 사랑입니다

　남들은 나더러 시대에 뒤진 낡은 여성이라고 삐죽거립니다
구구한 정조를 지킨다고
　그러나 나는 시대성을 이해하지 못하는 것도 아닙니다
　인생과 정조의 심각한 비판을 하여 보기도 한두 번이 아닙니다
　자유연애의 신성(?)을 덮어놓고 부정하는 것도 아닙니다
　대자연을 따라서 초연(超然) 생활을 할 생각도 하여 보았습니다

　그러나 구경(究竟), 만사가 다 저의 좋아하는 대로 말한 것이
요 행한 것입니다
　나는 님을 기다리면서 괴로움을 먹고 살이 찝니다 어려움을
입고 키가 큽니다
　나의 정조는 '자유 정조'입니다

하나가 되어 주셔요

님이여 나의 마음을 가져가려거든 마음을 가진 나한지 가져 가셔요 그리하여 나로 하여금 님에게서 하나가 되게 하셔요

그렇지 아니하거든 나에게 고통만을 주지 마시고 님의 마음을 다 주셔요 그리고 마음을 가진 님한지 나에게 주셔요 그래서 님으로 하여금 나에게서 하나가 되게 하셔요

그렇지 아니하거든 나의 마음을 돌려보내 주셔요 그러고 나에게 고통을 주셔요

그러면 나는 나의 마음을 가지고 님의 주시는 고통을 사랑하겠습니다

◆ 나한지: 나까지, 나와 함께.
◆ 님한지: 님까지, 님과 함께.

나룻배와 행인

나는 나룻배
당신은 행인

당신은 흙발로 나를 짓밟습니다
나는 당신을 안고 물을 건너갑니다
나는 당신을 안으면 깊으나 옅으나 급한 여울이나 건너갑니다

만일 당신이 아니 오시면 나는 바람을 쐬고 눈비를 맞으며 밤
에서 낮까지 당신을 기다리고 있습니다
당신은 물만 건너면 나를 돌아보지도 않고 가십니다그려

그러나 당신이 언제든지 오실 줄만은 알아요
나는 당신을 기다리면서 날마다 날마다 낡아갑니다

나는 나룻배
당신은 행인

차라리

님이여 오셔요 오시지 아니하려면 차라리 가셔요 가려다 오고 오려다 가는 것은 나에게 목숨을 빼앗고 죽음도 주지 않는 것입니다

님이여 나를 책망하려거든 차라리 큰 소리로 말씀하여 주셔요 침묵으로 책망하지 말고 침묵으로 책망하는 것은 아픈 마음을 얼음 바늘로 찌르는 것입니다

님이여 나를 아니 보려거든 차라리 눈을 돌려서 감으셔요 흐르는 곁눈으로 흘겨보지 마셔요 곁눈으로 흘겨보는 것은 사랑의 보(褓)에 가시의 선물을 싸서 주는 것입니다

나의 노래

나의 노랫가락의 고저장단은 대중이 없습니다

그래서 세속의 노래 곡조와는 조금도 맞지 않습니다

그러나 나는 나의 노래가 세속 곡조에 맞지 않는 것을 조금도 애달파하지 않습니다

나의 노래는 세속의 노래와 다르지 아니하면 아니 되는 까닭입니다

곡조는 노래의 결함을 억지로 조절하려는 것입니다

곡조는 부자연한 노래를 사람의 망상으로 도막 쳐 놓는 것입니다

참된 노래에 곡조를 붙이는 것은 노래의 자연에 치욕입니다

님의 얼굴에 단장을 하는 것이 도로혀 흠이 되는 것과 같이 나의 노래에 곡조를 붙이면 도로혀 결점이 됩니다

나의 노래는 사랑의 신(神)을 울립니다

나의 노래는 처녀의 청춘을 짭짜서 보기도 어려운 맑은 물을 만듭니다

나의 노래는 님의 귀에 들어가서는 천국의 음악이 되고 님의 꿈에 들어가서는 눈물이 됩니다

나의 노래가 산과 들을 지나서 멀리 계신 님에게 들리는 줄을

나는 압니다

　나의 노랫가락이 바르르 떨다가 소리를 이루지 못할 때에 나의 노래가 님의 눈물겨운 고요한 환상으로 들어가서 사라지는 것을 나는 분명히 압니다

　나는 나의 노래가 님에게 들리는 것을 생각할 때에 광영(光榮)에 넘치는 나의 적은 가슴은 발발발 떨면서 침묵의 음보(音譜)를 그립니다

◆ 도로혀: 도리어.

당신이 아니더면

당신이 아니더면 포시럽고 매끄럽던 얼굴이 왜 주름살이 접혀요
당신이 기룹지만 않다면 언제까지라도 나는 늙지 아니할 테여요
맨 첨에 당신에게 안기던 그때대로 있을 테여요

그러나 늙고 병들고 죽기까지라도 당신 때문이라면 나는 싫지 안하여요
나에게 생명을 주든지 죽음을 주든지 당신의 뜻대로만 하셔요
나는 곧 당신이어요

♦ 싫지 안하여요: 싫지 않아요.

잠 없는 꿈

나는 어느 날 밤에 잠 없는 꿈을 꾸었습니다

"나의 님은 어데 있어요 나는 님을 보러 가겠습니다 님에게 가는 길을 가져다가 나에게 주셔요 검이여"

"너의 가려는 길은 너의 님의 오려는 길이다 그 길을 가져다 너에게 주면 너의 님은 올 수가 없다"

"내가 가기만 하면 님은 아니 와도 관계가 없습니다"

"너의 님의 오려는 길을 너에게 갖다주면 너의 님은 다른 길로 오게 된다 네가 간대도 너의 님을 만날 수가 없다"

"그러면 그 길을 가져다가 나의 님에게 주셔요"

"너의 님에게 주는 것이 너에게 주는 것과 같다 사람마다 저의 길이 각각 있는 것이다"

"그러면 어찌하여야 이별한 님을 만나 보겠습니까"

"네가 너를 가져다가 너의 가려는 길에 주어라 그리하고 쉬지 말고 가거라"

"그리할 마음은 있지마는 그 길에는 고개도 많고 물도 많습니다 갈 수가 없습니다"

검은 "그러면 너의 님을 너의 가슴에 안겨 주마" 하고 나의 님을 나에게 안겨 주었습니다

나는 나의 님을 힘껏 껴안았습니다

나의 팔이 나의 가슴을 아프도록 다칠 때에 나의 두 팔에 베혀
진 허공은 나의 팔을 뒤로 두고 이어졌습니다

생명

닻과 키를 잃고 거친 바다에 표류된 적은 생명의 배는 아직 발견도 아니 된 황금의 나라를 꿈꾸는 한 줄기 희망이 나침반이 되고 항로가 되고 순풍이 되어서 물결의 한 끝은 하늘을 치고 다른 물결의 한 끝은 땅을 치는 무서운 바다에 배질합니다

님이여 님에게 바치는 이 적은 생명을 힘껏 껴안아 주셔요

이 적은 생명이 님의 품에서 으서진다 하여도 환희의 영지(靈地)에서 순정(殉情)한 생명의 파편은 최귀(最貴)한 보석이 되어서 쪼각쪼각이 적당히 이어져서 님의 가슴에 사랑의 휘장을 걸겠습니다

님이여 끝없는 사막에 한 가지의 깃들일 나무도 없는 적은 새인 나의 생명을 님의 가슴에 으서지도록 껴안아 주셔요

그리고 부서진 생명의 쪼각쪼각에 입 맞춰 주셔요

사랑의 측량

즐겁고 아름다운 일은 양이 많을수록 좋은 것입니다

그런데 당신의 사랑은 양이 적을수록 좋은가 봐요

당신의 사랑은 당신과 나와 두 사람의 사이에 있는 것입니다

사랑의 양을 알려면 당신과 나의 거리를 측량할 수밖에 없습니다

그래서 당신과 나의 거리가 멀면 사랑의 양이 많고 거리가 가까우면 사랑의 양이 적을 것입니다

그런데 적은 사랑은 나를 웃기더니 많은 사랑은 나를 울립니다

뉘라서 사람이 멀어지면 사랑도 멀어진다고 하여요

당신이 가신 뒤로 사랑이 멀어졌으면 날마다 날마다 나를 울리는 것은 사랑이 아니고 무엇이어요

진주

언제인지 내가 바닷가에 가서 조개를 주웠지요 당신은 나의
치마를 걷어 주셨어요 진흙 묻는다고

집에 와서는 나를 어린 아기 같다고 하셨지요 조개를 주워다
가 장난한다고 그리고 나가시더니 금강석을 사다 주셨습니다
당신이

나는 그때에 조개 속에서 진주를 얻어서 당신의 적은 주머니
에 넣어 드렸습니다

당신이 어디 그 진주를 가지고 계셔요 잠시라도 왜 남을 빌려
주셔요

슬픔의 삼매(三昧)

하늘의 푸른빛과 같이 깨끗한 죽음은 군동(群動)을 정화합니다
허무의 빛인 고요한 밤은 대지에 군림하였습니다
힘 없는 촛불 아래에 사리뜨리고 외로이 누워 있는 오오 님이여
눈물의 바다에 꽃배를 띄웠습니다
꽃배는 님을 싣고 소리도 없이 가라앉았습니다
나는 슬픔의 삼매에 '아공(我空)'이 되었습니다

꽃향기의 무르녹은 안개에 취하여 청춘의 광야에 비틀걸음
치는 미인이여
죽음을 기러기 털보다도 가벼웁게 여기고 가슴에서 타오르는
불꽃을 얼음처럼 마시는 사랑의 광인(狂人)이여
아아 사랑에 병들어 자기의 사랑에게 자살을 권고하는 사랑
의 실패자여
그대는 만족한 사랑을 받기 위하여 나의 팔에 안겨요
나의 팔은 그대의 사랑의 분신인 줄을 그대는 왜 모르셔요

의심하지 마셔요

의심하지 마셔요 당신과 떨어져 있는 나에게 조금도 의심을 두지 마셔요

의심을 둔대야 나에게는 별로 관계가 없으나 부질없이 당신에게 고통의 숫자만 더할 뿐입니다

나는 당신의 첫사랑의 팔에 안길 때에 온갖 거짓의 옷을 다 벗고 세상에 나온 그대로의 발가벗은 몸을 당신의 앞에 놓았습니다 지금까지도 당신의 앞에는 그때에 놓아둔 몸을 그대로 받들고 있습니다

만일 인위(人爲)가 있다면 '어찌하여야 첨 마음을 변치 않고 끝끝내 거짓 없는 몸을 님에게 바칠꼬' 하는 마음뿐입니다

당신의 명령이라면 생명의 옷까지도 벗겠습니다

나에게 죄가 있다면 당신을 그리워하는 나의 '슬픔'입니다

당신이 가실 때에 나의 입술에 수가 없이 입 맞추고 '부디 나에게 대하여 슬퍼하지 말고 잘 있으라'고 한 당신의 간절한 부탁에 위반되는 까닭입니다

그러나 그것만은 용서하여 주셔요

당신을 그리워하는 슬픔은 곧 나의 생명인 까닭입니다

만일 용서하지 아니하면 후일에 그에 대한 벌을 풍우(風雨)의 봄 새벽의 낙화의 수(數)만치라도 받겠습니다

당신의 사랑의 동아줄에 휘감기는 체형(體刑)도 사양치 않겠습니다

당신의 사랑의 혹법(酷法) 아래에 일만 가지로 복종하는 자유형(自由刑)도 받겠습니다

그러나 당신이 나에게 의심을 두시면 당신의 의심의 허물과 나의 슬픔의 죄를 맞비기고 말겠습니다

당신에게 떨어져 있는 나에게 의심을 두지 마셔요 부질없이 당신에게 고통의 숫자를 더하지 마셔요

당신은

　당신은 나를 보면 왜 늘 웃기만 하셔요 당신의 찡그리는 얼굴을 좀 보고 싶은데

　나는 당신을 보고 찡그리기는 싫어요 당신은 찡그리는 얼굴을 보기 싫어하실 줄을 압니다

　그러나 떨어진 도화가 날아서 당신의 입술을 스칠 때에 나는 이마가 찡그려지는 줄도 모르고 울고 싶었습니다

　그래서 금실로 수놓은 수건으로 얼굴을 가렸습니다

행복

나는 당신을 사랑하고 당신의 행복을 사랑합니다 나는 온 세상 사람이 당신을 사랑하고 당신의 행복을 사랑하기를 바랍니다

그러나 정말로 당신을 사랑하는 사람이 있다면 나는 그 사람을 미워하겠습니다 그 사람을 미워하는 것은 당신을 사랑하는 마음의 한 부분입니다

그러므로 그 사람을 미워하는 고통도 나에게는 행복입니다

만일 온 세상 사람이 당신을 미워한다면 나는 그 사람을 얼마나 미워하겠습니까

만일 온 세상 사람이 당신을 사랑하지도 않고 미워하지도 않는다면 그것은 나의 일생에 견딜 수 없는 불행입니다

만일 온 세상 사람이 당신을 사랑하고자 하여 나를 미워한다면 나의 행복은 더 클 수가 없습니다

그것은 모든 사람의 나를 미워하는 원한의 두만강이 깊을수록 나의 당신을 사랑하는 행복의 백두산이 높아지는 까닭입니다

착인(錯認)

내려오셔요 나의 마음이 자릿자릿하여요 곧 내려오셔요

사랑하는 님이여 어찌 그렇게 높고 가는 나뭇가지 위에서 춤을 추셔요

두 손으로 나뭇가지를 단단히 붙들고 고이고이 내려오셔요

에그 저 나무 잎새가 연꽃 봉오리 같은 입술을 스치겠네 어서 내려오셔요

"네 네 내려가고 싶은 마음이 잠자거나 죽은 것은 아닙니다마는 나는 아시는 바와 같이 여러 사람의 님인 때문이어요 향기로운 부르심을 거스르고자 하는 것은 아닙니다"고 버들가지에 걸린 반달은 해쭉해쭉 웃으면서 이렇게 말하는 듯하였습니다

나는 적은 풀잎만치도 가림이 없는 발가벗은 부끄럼을 두 손으로 움켜쥐고 빠른 걸음으로 잠자리에 들어가서 눈을 감고 누웠습니다

내려오지 않는다던 반달이 사뿐사뿐 걸어와서 창밖에 숨어서 나의 눈을 엿봅니다

부끄럽던 마음이 갑자기 무서워서 떨려집니다

밤은 고요하고

밤은 고요하고 방은 물로 시친 듯합니다

이불은 개인 채로 옆에 놓아두고 화롯불을 다듬거리고 앉았습니다

밤은 얼마나 되었는지 화롯불은 꺼져서 찬 재가 되었습니다

그러나 그를 사랑하는 나의 마음은 오히려 식지 아니하였습니다

닭의 소리가 채 나기 전에 그를 만나서 무슨 말을 하였는데 꿈조차 분명치 않습니다그려

◆ 시친: 씻은.

비밀

비밀입니까 비밀이라니요 나에게 무슨 비밀이 있겠습니까

나는 당신에게 대하여 비밀을 지키려고 하였습니다마는 비밀은 야속히도 지켜지지 아니하였습니다

나의 비밀은 눈물을 거쳐서 당신의 시각으로 들어갔습니다

나의 비밀은 한숨을 거쳐서 당신의 청각으로 들어갔습니다

나의 비밀은 떨리는 가슴을 거쳐서 당신의 촉각으로 들어갔습니다

그 밖의 비밀은 한 쪼각 붉은 마음이 되어서 당신의 꿈으로 들어갔습니다

그러고 마지막 비밀은 하나 있습니다 그러나 그 비밀은 소리 없는 메아리와 같아서 표현할 수가 없습니다

사랑의 존재

사랑을 '사랑'이라고 하면 벌써 사랑은 아닙니다

사랑을 이름 지을 만한 말이나 글이 어데 있습니까

미소에 눌려서 괴로운 듯한 장밋빛 입술인들 그것을 스칠 수가 있습니까

눈물의 뒤에 숨어서 슬픔의 흑암면(黑闇面)을 반사하는 가을 물결의 눈인들 그것을 비칠 수가 있습니까

그림자 없는 구름을 거쳐서 메아리 없는 절벽을 거쳐서 마음이 갈 수 없는 바다를 거쳐서 존재? 존재입니다

그 나라는 국경이 없습니다 수명은 시간이 아닙니다

사랑의 존재는 님의 눈과 님의 마음도 알지 못합니다

사랑의 비밀은 다만 님의 수건에 수놓는 바늘과 님의 심으신 꽃나무와 님의 잠과 시인의 상상과 그들만이 압니다

꿈과 근심

밤 근심이 하 길기에
꿈도 길 줄 알았더니
님을 보러 가는 길에
반도 못 가서 깨었고나

새벽 꿈이 하 쩌르기에
근심도 짜를 줄 알았더니
근심에서 근심으로
끝 간 데를 모르겠다

만일 님에게도
꿈과 근심이 있거든
차라리
근심이 꿈 되고 꿈이 근심 되어라

♦ 쩌르기에: 짧기에.
♦ 짜를: 짧을.

포도주

가을바람과 아침 볕에 마치맞게 익은 향기로운 포도를 따서
술을 빚었습니다 그 술 고이는 향기는 가을 하늘을 물들입니다
님이여 그 술을 연잎 잔에 가득히 부어서 님에게 드리겠습니다
님이여 떨리는 손을 거쳐서 타오르는 입술을 축이셔요

님이여 그 술은 한 밤을 지나면 눈물이 됩니다
아아 한 밤을 지나면 포도주가 눈물이 되지마는 또 한 밤을 지
나면 나의 눈물이 다른 포도주가 됩니다 오오 님이여

♦ 마치맞게: 마침맞게.

197

비방

세상은 비방도 많고 시기도 많습니다

당신에게 비방과 시기가 있을지라도 관심치 마셔요

비방을 좋아하는 사람들은 태양에 흑점이 있는 것도 다행으로 생각합니다

당신에게 대하여는 비방할 것이 없는 그것을 비방할는지 모르겠습니다

조는 사자를 죽은 양이라고 할지언정 당신이 시련을 받기 위하여 도적에게 포로가 되었다고 그것을 비겁이라고 할 수는 없습니다

달빛을 갈꽃으로 알고 흰 모래 위에서 갈매기를 이웃하여 잠자는 기러기를 음란하다고 할지언정 정직한 당신이 교활한 유혹에 속아서 청루(青樓)에 들어갔다고 당신을 지조가 없다고 할 수는 없습니다

당신에게 비방과 시기가 있을지라도 관심치 마셔요

?

희미한 졸음이 활발한 님의 발자취 소리에 놀라 깨어 무거운 눈썹을 이기지 못하면서 창을 열고 내다보았습니다

동풍에 몰리는 소낙비는 산모롱이를 지나가고 뜰 앞의 파초 잎 위에 빗소리의 남은 음파(音波)가 그네를 뜁니다

감정과 이지(理智)가 마주치는 찰나에 인면(人面)의 악마와 수심(獸心)의 천사가 보이려다 사라집니다

흔들어 빼는 님의 노랫가락에 첫잠 든 어린 잔나비의 애처로운 꿈이 꽃 떨어지는 소리에 깨었습니다

죽은 밤을 지키는 외로운 등잔불의 구슬 꽃이 제 무게를 이기지 못하여 고요히 떨어집니다

미친 불에 타오르는 불쌍한 영(靈)은 절망의 북극에서 신세계를 탐험합니다

사막의 꽃이여 그믐밤의 만월이여 님의 얼굴이여

피려는 장미화는 아니라도 갈지 안한 백옥인 순결한 나의 입술은 미소에 목욕 감는 그 입술에 채 닿지 못하였습니다

움직이지 않는 달빛에 눌리운 창에는 저의 털을 가다듬는 고양이의 그림자가 오르락내리락합니다

아아 불(佛)이냐 마(魔)냐 인생이 티끌이냐 꿈이 황금이냐

적은 새여 바람에 흔들리는 약한 가지에서 잠자는 적은 새여

◆ 갈지 안한: 갈지 않은.

님의 손길

님의 사랑은 강철을 녹이는 불보다도 뜨거운데 님의 손길은 너무 차서 한도가 없습니다
나는 이 세상에서 서늘한 것도 보고 찬 것도 보았습니다 그러나 님의 손길같이 찬 것은 볼 수가 없습니다

국화 핀 서리 아침에 떨어진 잎새를 울리고 오는 가을바람도 님의 손길보다는 차지 못합니다
달이 적고 별에 뿔나는 겨울밤에 얼음 위에 쌓인 눈도 님의 손길보다는 차지 못합니다
감로(甘露)와 같이 청량한 선사(禪師)의 설법도 님의 손길보다는 차지 못합니다

나의 적은 가슴에 타오르는 불꽃은 님의 손길이 아니고는 끄는 수가 없습니다
님의 손길의 온도를 측량할 만한 한난계(寒暖計)는 나의 가슴 밖에는 아무 데도 없습니다
님의 사랑은 불보다도 뜨거워서 근심 산(山)을 태우고 한(恨) 바다를 말리는데 님의 손길은 너무도 차서 한도가 없습니다

해당화

당신은 해당화 피기 전에 오신다고 하였습니다 봄은 벌써 늦었습니다

봄이 오기 전에는 어서 오기를 바랐더니 봄이 오고 보니 너무 일찍 왔나 두려합니다

철모르는 아해들은 뒷동산에 해당화가 피었다고 다투어 말하기로 듣고도 못 들은 체하였더니

야속한 봄바람은 나는 꽃을 불어서 경대 위에 놓입니다그려

시름없이 꽃을 주워서 입술에 대이고 "너는 언제 피었니" 하고 물었습니다

꽃은 말도 없이 나의 눈물에 비쳐서 둘도 되고 셋도 됩니다

당신을 보았습니다

당신이 가신 뒤로 나는 당신을 잊을 수가 없습니다
까닭은 당신을 위하느니보다 나를 위함이 많습니다

나는 갈고 심을 땅이 없으므로 추수가 없습니다
저녁거리가 없어서 조나 감자를 꾸러 이웃집에 갔더니 주인
은 "거지는 인격이 없다 인격이 없는 사람은 생명이 없다 너를
도와주는 것은 죄악이다"고 말하였습니다
그 말을 듣고 돌아 나올 때에 쏟아지는 눈물 속에서 당신을 보
았습니다

나는 집도 없고 다른 까닭을 겸하여 민적(民籍)이 없습니다
"민적 없는 자는 인권이 없다 인권이 없는 너에게 무슨 정조
냐" 하고 능욕하려는 장군이 있었습니다
그를 항거한 뒤에 남에게 대한 격분이 스스로의 슬픔으로 화
하는 찰나에 당신을 보았습니다
아아 온갖 윤리, 도덕, 법률은 칼과 황금을 제사 지내는 연기
(烟氣)인 줄을 알았습니다
영원의 사랑을 받을까 인간 역사의 첫 페이지에 잉크칠을 할
까 술을 마실까 망설일 때에 당신을 보았습니다

비

비는 가장 큰 권위를 가지고 가장 좋은 기회를 줍니다
비는 해를 가리고 하늘을 가리고 세상 사람들의 눈을 가립니다
그러나 비는 번개와 무지개를 가리지 않습니다

나는 번개가 되어 무지개를 타고 당신에게 가서 사랑의 팔에
감기고자 합니다
비 오는 날 가만히 가서 당신의 침묵을 가져온대도 당신의 주
인은 알 수가 없습니다

만일 당신이 비 오는 날에 오신다면 나는 연잎으로 윗옷을 지
어서 보내겠습니다
당신이 비 오는 날에 연잎 옷을 입고 오시면 이 세상에는 알
사람이 없습니다
당신이 비 가운데로 가만히 오셔서 나의 눈물을 가져가신대
도 영원한 비밀이 될 것입니다
비는 가장 큰 권위를 가지고 가장 좋은 기회를 줍니다

복종

남들은 자유를 사랑한다지마는 나는 복종을 좋아하여요
자유를 모르는 것은 아니지만 당신에게는 복종만 하고 싶어요
복종하고 싶은데 복종하는 것은 아름다운 자유보다도 달금합
니다 그것이 나의 행복입니다

그러나 당신이 나더러 다른 사람을 복종하라면 그것만은 복
종할 수가 없습니다
다른 사람을 복종하려면 당신에게 복종할 수가 없는 까닭입
니다

참아 주셔요

나는 당신을 이별하지 아니할 수가 없습니다 님이여 나의 이별을 참아 주셔요

당신은 고개를 넘어갈 때에 나를 돌아보지 마셔요 나의 몸은 한 적은 모래 속으로 들어가려 합니다

님이여 이별을 참을 수가 없거든 나의 죽음을 참아 주셔요

나의 생명의 배는 부끄럼의 땀의 바다에서 스스로 폭침(爆沈)하려 합니다 님이여 님의 입김으로 그것을 불어서 속히 잠기게 하여 주셔요 그리고 그것을 웃어 주셔요

님이여 나의 죽음을 참을 수가 없거든 나를 사랑하지 말아 주셔요 그리하고 나로 하여금 당신을 사랑할 수가 없도록 하여 주셔요

나의 몸은 터럭 하나도 빼지 아니한 채로 당신의 품에 사라지겠습니다

님이여 당신과 내가 사랑의 속에서 하나가 되는 것을 참아 주셔요 그리하여 당신은 나를 사랑하지 말고 나로 하여금 당신을 사랑할 수가 없도록 하여 주셔요 오오 님이여

어느 것이 참이냐

엷은 사(紗)의 장막이 적은 바람에 휘둘려서 처녀의 꿈을 휩싸듯이 자취도 없는 당신의 사랑은 나의 청춘을 휘감습니다

발딱거리는 어린 피는 고요하고 맑은 천국의 음악에 춤을 추고 헐떡이는 적은 영(靈)은 소리 없이 떨어지는 천화(天花)의 그늘에 잠이 듭니다

가는 봄비가 드린 버들에 둘려서 푸른 연기가 되듯이 끝도 없는 당신의 정(情) 실이 나의 잠을 얽습니다

바람을 따라가려는 쩌른 꿈은 이불 안에서 몸부림치고 강 건너 사람을 부르는 바쁜 잠꼬대는 목 안에서 그네를 뜁니다

비낀 달빛이 이슬에 젖은 꽃 수풀을 싸라기처럼 부수듯이 당신의 떠난 한(恨)은 드는 칼이 되어서 나의 애를 도막도막 끊어 놓았습니다

문밖의 시냇물은 물결을 보태려고 나의 눈물을 받으면서 흐르지 않습니다

봄 동산의 미친 바람은 꽃 떨어트리는 힘을 더하려고 나의 한숨을 기다리고 섰습니다

◆ 쩌른: 짧은.

정천한해(情天恨海)

가을 하늘이 높다기로
정(情) 하늘을 따를쏘냐
봄 바다가 깊다기로
한(恨) 바다만 못하리라

높고 높은 정 하늘이
싫은 것은 아니지만
손이 낮아서
오르지 못하고
깊고 깊은 한 바다가
병 될 것은 없지마는
다리가 쩔러서
건너지 못한다

손이 자라서 오를 수만 있으면
정 하늘은 높을수록 아름답고
다리가 길어서 건널 수만 있으면
한 바다는 깊을수록 묘하니라

만일 정 하늘이 무너지고 한 바다가 마른다면

차라리 정천(情天)에 떨어지고 한해(恨海)에 빠지리라

아아 정 하늘이 높은 줄만 알았더니
님의 이마보다는 낮다
아아 한 바다가 깊은 줄만 알았더니
님의 무릎보다는 옅다

손이야 낮든지 다리야 쩌르든지
정 하늘에 오르고 한 바다를 건너려면
님에게만 안기리라

◆ 쩔러서: 짧아서.
◆ 쩌르든지: 짧든지.

첫 키스

마셔요 제발 마셔요

보면서 못 보는 체 마셔요

마셔요 제발 마셔요

입술을 다물고 눈으로 말하지 마셔요

마셔요 제발 마셔요

뜨거운 사랑에 웃으면서 차디찬 잔부끄럼에 울지 마셔요

마셔요 제발 마셔요

세계의 꽃을 혼자 따면서 항분(亢奮)에 넘쳐서 떨지 마셔요

마셔요 제발 마셔요

미소는 나의 운명의 가슴에서 춤을 춥니다 새삼스럽게 스스러워 마셔요

선사(禪師)의 설법

나는 선사의 설법을 들었습니다

"너는 사랑의 쇠사슬에 묶여서 고통을 받지 말고 사랑의 줄을 끊어라 그러면 너의 마음이 즐거우리라"고 선사는 큰 소리로 말하였습니다

그 선사는 어지간히 어리석습니다

사랑의 줄에 묶이운 것이 아프기는 아프지만 사랑의 줄을 끊으면 죽는 것보다도 더 아픈 줄을 모르는 말입니다

사랑의 속박은 단단히 얽어매는 것이 풀어 주는 것입니다

그러므로 대해탈은 속박에서 얻는 것입니다

님이여 나를 얽은 님의 사랑의 줄이 약할까 봐서 나의 님을 사랑하는 줄을 곱드렸습니다

그를 보내며

그는 간다 그가 가고 싶어서 가는 것도 아니요 내가 보내고 싶어서 보내는 것도 아니지만 그는 간다

그의 붉은 입술 흰 이 가는 눈썹이 어여쁜 줄만 알았더니 구름 같은 뒷머리 실버들 같은 허리 구슬 같은 발꿈치가 보다도 아름답습니다

걸음이 걸음보다 멀어지더니 보이려다 말고 말려다 보인다

사람이 멀어질수록 마음은 가까워지고 마음이 가까워질수록 사람은 멀어진다

보이는 듯한 것이 그의 흔드는 수건인가 하였더니 갈매기보다도 적은 쪼각구름이 난다

금강산

만이천봉! 무양(無恙)하냐 금강산아
너는 너의 님이 어데서 무엇을 하는지 아느냐
너의 님은 너 때문에 가슴에서 타오르는 불꽃에 온갖 종교, 철
학, 명예, 재산 그 외에도 있으면 있는 대로 태워 버리는 줄을 너
는 모르리라

너는 꽃에 붉은 것이 너냐
너는 잎에 푸른 것이 너냐
너는 단풍에 취한 것이 너냐
너는 백설에 깨인 것이 너냐

나는 너의 침묵을 잘 안다
너는 철모르는 아해들에게 종작없는 찬미를 받으면서 시쁜
웃음을 참고 고요히 있는 줄을 나는 잘 안다

그러나 너는 천당이나 지옥이나 하나만 가지고 있으려무나
꿈 없는 잠처럼 깨끗하고 단순하란 말이다
나도 쩌른 갈궁이로 강 건너의 꽃을 꺾는다고 큰말 하는 미친
사람은 아니다 그래서 침착하고 단순하려고 한다
나는 너의 입김에 불려 오는 쪼각구름에 키스한다

만이천봉! 무양하냐 금강산아
너는 너의 님이 어데서 무엇을 하는지 모르지

◆ 쩌른: 짧은.
◆ 갈궁이: 갈고랑이, 갈고리.

님의 얼굴

님의 얼굴을 '어여쁘다'고 하는 말은 적당한 말이 아닙니다
어여쁘다는 말은 인간 사람의 얼굴에 대한 말이요 님은 인간
의 것이라고 할 수가 없을 만치 어여쁜 까닭입니다

자연은 어찌하여 그렇게 어여쁜 님을 인간으로 보냈는지 아
무리 생각하여도 알 수가 없습니다
알겠습니다 자연의 가운데에는 님의 짝이 될 만한 무엇이 없
는 까닭입니다

님의 입술 같은 연꽃이 어데 있어요 님의 살빛 같은 백옥이 어
데 있어요
봄 호수에서 님의 눈결 같은 잔물결을 보았습니까 아침 볕에
서 님의 미소 같은 방향(芳香)을 들었습니까
천국의 음악은 님의 노래의 반향입니다 아름다운 별들은 님
의 눈빛의 화현(化現)입니다

아아 나는 님의 그림자여요
님은 님의 그림자밖에는 비길 만한 것이 없습니다
님의 얼굴을 어여쁘다고 하는 말은 적당한 말이 아닙니다

심은 버들

뜰 앞에 버들을 심어
님의 말을 매렸더니
님은 가실 때에
버들을 꺾어 말채찍을 하였습니다

버들마다 채찍이 되어서
님을 따르는 나의 말도 채칠까 하였더니
남은 가지 천만사(千萬絲)는
해마다 해마다 보낸 한(恨)을 잡아맵니다

낙원은 가시덤불에서

죽은 줄 알았던 매화나무 가지에 구슬 같은 꽃방울을 맺혀 주는 쇠잔한 눈 위에 가만히 오는 봄기운은 아름답기도 합니다

그러나 그 밖에 다른 하늘에서 오는 알 수 없는 향기는, 모든 꽃의 죽음을 가지고 다니는 쇠잔한 눈이 주는 줄을 아십니까

구름은 가늘고 시냇물은 옅고 가을 산은 비었는데 파리한 바위 사이에 실컷 붉은 단풍은 곱기도 합니다

그러나 단풍은 노래도 부르고 울음도 웁니다 그러한 '자연의 인생'은, 가을바람의 꿈을 따라 사라지고 기억에만 남아 있는 지난여름의 무르녹은 녹음이 주는 줄을 아십니까

일경초(一莖草)가 장륙금신(丈六金身)이 되고 장륙금신이 일경초가 됩니다

천지는 한 보금자리요 만유(萬有)는 같은 소조(小鳥)입니다

나는 자연의 거울에 인생을 비춰 보았습니다

고통의 가시덤불 뒤에 환희의 낙원을 건설하기 위하여 님을 떠난 나는 아아 행복입니다

참말인가요

그것이 참말인가요 님이여 속임 없이 말씀하여 주셔요

당신을 나에게서 빼앗아 간 사람들이 당신을 보고 "그대는 님이 없다"고 하였다지요

그래서 당신은 남모르는 곳에서 울다가 남이 보면 울음을 웃음으로 변한다지요

사람의 우는 것은 견딜 수가 없는 것인데 울기조차 마음대로 못 하고 웃음으로 변하는 것은 죽음의 맛보다도 더 쓴 것입니다

그러면 나는 그것을 변명하지 않고는 견딜 수가 없습니다

나의 생명의 꽃가지를 있는 대로 꺾어서 화환을 만들어 당신의 목에 걸고 "이것이 님의 님이라"고 소리쳐 말하겠습니다

그것이 참말인가요 님이여 속임 없이 말씀하여 주셔요

당신을 나에게서 빼앗아 간 사람들이 당신을 보고 "그대의 님은 우리가 구하여 준다"고 하였다지요

그래서 당신은 "독신 생활을 하겠다"고 하였다지요

그러면 나는 그들에게 분풀이를 하지 않고는 견딜 수가 없습니다

많지 안한 나의 피를 더운 눈물에 섞어서 피에 목마른 그들의 칼에 뿌리고 "이것이 님의 님이라"고 울음 섞어서 말하겠습니다

♦ 많지 안한: 많지 않은.

꽃이 먼저 알아

옛집을 떠나서 다른 시골에 봄을 만났습니다
꿈은 이따금 봄바람을 따라서 아득한 옛터에 이릅니다
지팡이는 푸르고 푸른 풀빛에 묻혀서 그림자와 서로 따릅니다

길가에서 이름도 모르는 꽃을 보고서 행여 근심을 잊을까 하
고 앉았습니다
꽃송이에는 아침 이슬이 아직 마르지 아니한가 하였더니 아
아 나의 눈물이 떨어진 줄이야 꽃이 먼저 알았습니다

찬송

님이여 당신은 백 번이나 단련한 금(金)결입니다
뽕나무 뿌리가 산호가 되도록 천국의 사랑을 받읍소서
님이여 사랑이여 아침 볕의 첫걸음이여

님이여 당신은 의(義)가 무거웁고 황금이 가벼운 것을 잘 아십
니다
거지의 거친 밭에 복(福)의 씨를 뿌리옵소서
님이여 사랑이여 옛 오동(梧桐)의 숨은 소리여

님이여 당신은 봄과 광명과 평화를 좋아하십니다
약자의 가슴에 눈물을 뿌리는 자비의 보살이 되옵소서
님이여 사랑이여 얼음 바다에 봄바람이여

논개의 애인이 되어서 그의 묘(廟)에

날과 밤으로 흐르고 흐르는 남강은 가지 않습니다

바람과 비에 우두커니 섰는 촉석루는 살 같은 광음(光陰)을 따라서 달음질 칩니다

논개여 나에게 울음과 웃음을 동시에 주는 사랑하는 논개여

그대는 조선의 무덤 가운데 피었던 좋은 꽃의 하나이다 그래서 그 향기는 썩지 않는다

나는 시인으로 그대의 애인이 되었노라

그대는 어데 있느뇨 죽지 안한 그대가 이 세상에는 없고나

나는 황금의 칼에 베혀진 꽃과 같이 향기롭고 애처로운 그대의 당년(當年)을 회상한다

술 향기에 목맺힌 고요한 노래는 옥(獄)에 묻힌 썩은 칼을 울렸다

춤추는 소매를 안고 도는 무서운 찬 바람은 귀신 나라의 꽃 수풀을 거쳐서 떨어지는 해를 얼렸다

가냘픈 그대의 마음은 비록 침착하였지만 떨리는 것보다도 더욱 무서웠다

아름답고 무독(無毒)한 그대의 눈은 비록 웃었지만 우는 것보다도 더욱 슬펐다

붉은 듯하다가 푸르고 푸른 듯하다가 희어지며 가늘게 떨리는 그대의 입술은 웃음의 조운(朝雲)이냐 울음의 모우(暮雨)이냐

새벽달의 비밀이냐 이슬 꽃의 상징이냐

삐비 같은 그대의 손에 꺾이우지 못한 낙화대(落花臺)의 남은 꽃은 부끄럼에 취하여 얼굴이 붉었다

옥 같은 그대의 발꿈치에 밟히운 강 언덕의 묵은 이끼는 교긍 (驕矜)에 넘쳐서 푸른 사롱(紗籠)으로 자기의 제명(題名)을 가리었다

아아 나는 그대도 없는 빈 무덤 같은 집을 그대의 집이라고 부릅니다

만일 이름뿐이나마 그대의 집도 없으면 그대의 이름을 불러 볼 기회가 없는 까닭입니다

나는 꽃을 사랑합니다마는 그대의 집에 피어 있는 꽃을 꺾을 수는 없습니다

그대의 집에 피어 있는 꽃을 꺾으려면 나의 창자가 먼저 꺾어지는 까닭입니다

나는 꽃을 사랑합니다마는 그대의 집에 꽃을 심을 수는 없습니다

그대의 집에 꽃을 심으려면 나의 가슴에 가시가 먼저 심어지는 까닭입니다

용서하여요 논개여 금석(金石) 같은 굳은 언약을 저버린 것은 그대가 아니요 나입니다

용서하여요 논개여 쓸쓸하고 호젓한 잠자리에 외로이 누워서 끼친 한(恨)에 울고 있는 것은 내가 아니요 그대입니다

나의 가슴에 '사랑'의 글자를 황금으로 새겨서 그대의 사당(祠堂)에 기념비를 세운들 그대에게 무슨 위로가 되오리까

나의 노래에 '눈물'의 곡조를 낙인으로 찍어서 그대의 사당에 제종(祭鍾)을 울린대도 나에게 무슨 속죄가 되오리까

나는 다만 그대의 유언대로 그대에게 다하지 못한 사랑을 영원히 다른 여자에게 주지 아니할 뿐입니다 그것은 그대의 얼굴과 같이 잊을 수가 없는 맹서입니다

용서하여요 논개여 그대가 용서하면 나의 죄는 신에게 참회를 아니한대도 사라지겠습니다

천추(千秋)에 죽지 않는 논개여

하루도 살 수 없는 논개여

그대를 사랑하는 나의 마음이 얼마나 즐거우며 얼마나 슬프겠는가

나는 웃음이 겨워서 눈물이 되고 눈물이 겨워서 웃음이 됩니다

용서하여요 사랑하는 오오 논개여

◆ 죽지 안한: 죽지 않은.

후회

당신이 계실 때에 알뜰한 사랑을 못 하였습니다

사랑보다 믿음이 많고 즐거움보다 조심이 더하였습니다

게다가 나의 성격이 냉담하고 더구나 가난에 쫓겨서 병들어 누운 당신에게 도리어 소활(疎濶)하였습니다

그러므로 당신이 가신 뒤에 떠난 근심보다 뉘우치는 눈물이 많습니다

사랑하는 까닭

내가 당신을 사랑하는 것은 까닭이 없는 것이 아닙니다
다른 사람들은 나의 홍안만을 사랑하지마는 당신은 나의 백발도 사랑하는 까닭입니다

내가 당신을 기루어하는 것은 까닭이 없는 것이 아닙니다
다른 사람들은 나의 미소만을 사랑하지마는 당신은 나의 눈물도 사랑하는 까닭입니다

내가 당신을 기다리는 것은 까닭이 없는 것이 아닙니다
다른 사람들은 나의 건강만을 사랑하지마는 당신은 나의 죽음도 사랑하는 까닭입니다

당신의 편지

당신의 편지가 왔다기에 꽃밭 매던 호미를 놓고 떼어 보았습니다
그 편지는 글씨는 가늘고 글줄은 많으나 사연은 간단합니다
만일 님이 쓰신 편지이면 글은 쩌를지라도 사연은 길 터인데

당신의 편지가 왔다기에 바느질 그릇을 치워 놓고 떼어 보았습니다
그 편지는 나에게 잘 있느냐고만 묻고 언제 오신다는 말은 조금도 없습니다
만일 님이 쓰신 편지이면 나의 일은 묻지 않더라도 언제 오신다는 말을 먼저 썼을 터인데

당신의 편지가 왔다기에 약을 달이다 말고 떼어 보았습니다
그 편지는 당신의 주소는 다른 나라의 군함입니다
만일 님이 쓰신 편지이면 남의 군함에 있는 것이 사실이라 할지라도 편지에는 군함에서 떠났다고 하였을 터인데

◆ 쩌를지라도: 짧을지라도.

거짓 이별

당신과 나와 이별한 때가 언제인지 아십니까

가령 우리가 좋을 대로 말하는 것과 같이 거짓 이별이라 할지라도 나의 입술이 당신의 입술에 닿지 못하는 것은 사실입니다

이 거짓 이별은 언제나 우리에게서 떠날 것인가요

한 해 두 해 가는 것이 얼마 아니 된다고 할 수가 없습니다

시들어 가는 두 볼의 도화(桃花)가 무정한 봄바람에 몇 번이나 스쳐서 낙화가 될까요

회색이 되어 가는 두 귀밑의 푸른 구름이 쪼이는 가을볕에 얼마나 바래서 백설(白雪)이 될까요

머리는 희어 가도 마음은 붉어 갑니다

피는 식어 가도 눈물은 더워 갑니다

사랑의 언덕엔 사태가 나도 희망의 바다엔 물결이 뛰놀아요

이른바 거짓 이별이 언제든지 우리에게서 떠날 줄만은 알아요

그러나 한 손으로 이별을 가지고 가는 날은 또 한 손으로 죽음을 가지고 와요

꿈이라면

사랑의 속박이 꿈이라면
출세의 해탈도 꿈입니다
웃음과 눈물이 꿈이라면
무심(無心)의 광명도 꿈입니다
일체만법(一切萬法)이 꿈이라면
사랑의 꿈에서 불멸을 얻겠습니다

달을 보며

달은 밝고 당신이 하도 기루었습니다

자던 옷을 고쳐 입고 뜰에 나와 퍼지르고 앉아서 달을 한참 보았습니다

달은 차차차 당신의 얼굴이 되더니 넓은 이마 둥근 코 아름다운 수염이 역력히 보입니다

간해에는 당신의 얼굴이 달로 보이더니 오늘 밤에는 달이 당신의 얼굴이 됩니다

당신의 얼굴이 달이기에 나의 얼굴도 달이 되었습니다

나의 얼굴은 그믐달이 된 줄을 당신이 아십니까

아아 당신의 얼굴이 달이기에 나의 얼굴도 달이 되었습니다

인과율

당신은 옛 맹서를 깨치고 가십니다

당신의 맹서는 얼마나 참되었습니까 그 맹서를 깨치고 가는 이별은 믿을 수가 없습니다

참 맹서를 깨치고 가는 이별은 옛 맹서로 돌아올 줄을 압니다 그것은 엄숙한 인과율입니다

나는 당신과 떠날 때에 입 맞춘 입술이 마르기 전에 당신이 돌아와서 다시 입 맞추기를 기다립니다

그러나 당신이 가시는 것은 옛 맹서를 깨치려는 고의가 아닌 줄을 나는 압니다

비겨 당신이 지금의 이별을 영원히 깨치지 않는다 하여도 당신의 최후의 접촉을 받은 나의 입술을 다른 남자의 입술에 대일 수는 없습니다

잠꼬대

"사랑이라는 것은 다 무엇이냐 진정한 사람에게는 눈물도 없고 웃음도 없는 것이다

사랑의 뒤웅박을 발길로 차서 깨트려 버리고 눈물과 웃음을 티끌 속에 합장(合葬)을 하여라

이지(理智)와 감정을 두드려 깨쳐서 가루를 만들어 버려라

그러고 허무의 절정에 올라가서 어지럽게 춤추고 미치게 노래하여라

그러고 애인과 악마를 똑같이 술을 먹여라

그러고 천치가 되든지 미치광이가 되든지 산송장이 되든지 하여 버려라

그래 너는 죽어도 사랑이라는 것은 버릴 수가 없단 말이냐

그렇거든 사랑의 꽁무니에 도롱태를 달아라

그래서 네 멋대로 끌고 돌아다니다가 쉬고 싶으거든 쉬고 자고 싶으거든 자고 살고 싶으거든 살고 죽고 싶으거든 죽어라

사랑의 발바닥에 말목을 쳐 놓고 붙들고 서서 엉엉 우는 것은 우스운 일이다

이 세상에는 이마빡에다 '님'이라고 새기고 다니는 사람은 하나도 없다

연애는 절대 자유요 정조는 유동(流動)이요 결혼식장은 임간

(林間)이다"

　나는 잠결에 큰 소리로 이렇게 부르짖었다

　아아 혹성같이 빛나는 님의 미소는 흑암(黑闇)의 광선에서 채
사라지지 아니하였습니다

　잠의 나라에서 몸부림치던 사랑의 눈물은 어느덧 베개를 적
셨습니다

　용서하셔요 님이여 아무리 잠이 지은 허물이라도 님이 벌을
주신다면 그 벌을 잠을 주기는 싫습니다

◆ 도롱태: 굴렁쇠, 바퀴.

계월향(桂月香)에게

계월향이여 그대는 아리따웁고 무서운 최후의 미소를 거두지 아니한 채로 대지의 침대에 잠들었습니다

나는 그대의 다정(多情)을 슬퍼하고 그대의 무정(無情)을 사랑합니다

대동강에 낚시질하는 사람은 그대의 노래를 듣고 모란봉에 밤놀이하는 사람은 그대의 얼굴을 봅니다

아해들은 그대의 산 이름을 외우고 시인은 그대의 죽은 그림자를 노래합니다

사람은 반드시 다하지 못한 한(恨)을 끼치고 가게 되는 것이다

그대는 남은 한이 있는가 없는가 있다면 그 한은 무엇인가

그대는 하고 싶은 말을 하지 않습니다

그대의 붉은 한은 현란한 저녁놀이 되어서 하늘길을 가로막고 황량한 떨어지는 날을 돌이키고자 합니다

그대의 푸른 근심은 드리고 드린 버들실이 되어서 꽃다운 무리를 뒤에 두고 운명의 길을 떠나는 저문 봄을 잡아매려 합니다

나는 황금의 소반에 아침 볕을 바치고 매화 가지에 새봄을 걸

어서 그대의 잠자는 곁에 가만히 놓아 드리겠습니다

자 그러면 속하면 하룻밤 더디면 한겨울 사랑하는 계월향이여

만족

세상에 만족이 있느냐 인생에게 만족이 있느냐
있다면 나에게도 있으리라

세상에 만족이 있기는 있지마는 사람의 앞에만 있다
거리는 사람의 팔 길이와 같고 속력은 사람의 걸음과 비례가
된다
만족은 잡을래야 잡을 수도 없고 버릴래야 버릴 수도 없다

만족을 얻고 보면 얻은 것은 불만족이요 만족은 의연히 앞에
있다
만족은 우자(愚者)나 성자(聖者)의 주관적 소유가 아니면 약자
(弱者)의 기대뿐이다
만족은 언제든지 인생과 수적(竪的) 평행이다
나는 차라리 발꿈치를 돌려서 만족의 묵은 자취를 밟을까 하
노라

아아 나는 만족을 얻었노라
아지랑이 같은 꿈과 금실 같은 환상이 님 계신 꽃동산에 둘릴
때에 아아 나는 만족을 얻었노라

반비례

당신의 소리는 '침묵'인가요

당신이 노래를 부르지 아니하는 때에 당신의 노랫가락은 역력히 들립니다그려

당신의 소리는 침묵이어요

당신의 얼굴은 '흑암'인가요

내가 눈을 감은 때에 당신의 얼굴은 분명히 보입니다그려

당신의 얼굴은 흑암이어요

당신의 그림자는 '광명'인가요

당신의 그림자는 달이 넘어간 뒤에 어두운 창에 비칩니다그려

당신의 그림자는 광명이어요

눈물

내가 본 사람 가운데는 눈물을 진주라고 하는 사람처럼 미친 사람은 없습니다

그 사람은 피를 홍보석이라고 하는 사람보다도 더 미친 사람입니다

그것은 연애에 실패하고 흑암의 기로에서 헤매는 늙은 처녀가 아니면 신경이 기형적으로 된 시인의 말입니다

만일 눈물이 진주라면 나는 님이 신물로 주신 반지를 내놓고는 세상의 진주라는 진주는 다 티끌 속에 묻어 버리겠습니다

나는 눈물로 장식한 옥패(玉珮)를 보지 못하였습니다

나는 평화의 잔치에 눈물의 술을 마시는 것을 보지 못하였습니다

내가 본 사람 가운데는 눈물을 진주라고 하는 사람처럼 어리석은 사람은 없습니다

아니어요 님의 주신 눈물은 진주 눈물이어요

나는 나의 그림자가 나의 몸을 떠날 때까지 님을 위하여 진주 눈물을 흘리겠습니다

아아 나는 날마다 날마다 눈물의 선경(仙境)에서 한숨의 옥적(玉笛)을 듣습니다

나의 눈물은 백천(百千) 줄기라도 방울방울이 창조입니다

눈물의 구슬이여 한숨의 봄바람이여 사랑의 성전(聖殿)을 장
엄(莊嚴)하는 무등등(無等等)의 보물이여
아아 언제나 공간과 시간을 눈물로 채워서 사랑의 세계를 완
성할까요

어데라도

아침에 일어나서 세수하려고 대야에 물을 떠다 놓으면 당신은 대야 안의 가는 물결이 되어서 나의 얼굴 그림자를 불쌍한 아기처럼 얼러 줍니다

근심을 잊을까 하고 꽃동산에 거닐 때에 당신은 꽃 사이를 스쳐 오는 봄바람이 되어서 시름없는 나의 마음에 꽃향기를 묻혀 주고 갑니다

당신을 기다리다 못하여 잠자리에 누웠더니 당신은 고요한 어둔 빛이 되어서 나의 잔부끄럼을 살뜰히도 덮어 줍니다

어데라도 눈에 보이는 데마다 당신이 계시기에 눈을 감고 구름 위와 바다 밑을 찾아보았습니다

당신은 미소가 되어서 나의 마음에 숨었다가 나의 감은 눈에 입 맞추고 "네가 나를 보느냐"고 조롱합니다

떠날 때의 님의 얼굴

꽃은 떨어지는 향기가 아름답습니다
해는 지는 빛이 곱습니다
노래는 목맺힌 가락이 묘합니다
님은 떠날 때의 얼굴이 더욱 어여쁩니다

떠나신 뒤에 나의 환상의 눈에 비치는 님의 얼굴은 눈물이 없는 눈으로는 바로 볼 수가 없을 만치 어여쁠 것입니다
님의 떠날 때의 어여쁜 얼굴을 나의 눈에 새기겠습니다
님의 얼굴은 나를 울리기에는 너무도 야속한 듯하지마는 님을 사랑하기 위하여는 나의 마음을 즐거웁게 할 수가 없습니다
만일 그 어여쁜 얼굴이 영원히 나의 눈을 떠난다면 그때의 슬픔은 우는 것보다도 아프겠습니다

최초의 님

맨 첨에 만난 님과 님은 누구이며 어느 때인가요
맨 첨에 이별한 님과 님은 누구이며 어느 때인가요
맨 첨에 만난 님과 님이 맨 첨으로 이별하였습니까 다른 님과
님이 맨 첨으로 이별하였습니까

나는 맨 첨에 만난 님과 님이 맨 첨으로 이별한 줄로 압니다
만나고 이별이 없는 것은 님이 아니라 나입니다
이별하고 만나지 않는 것은 님이 아니라 길 가는 사람입니다
우리들은 님에 대하여 만날 때에 이별을 염려하고 이별할 때
에 만남을 기약합니다
그것은 맨 첨에 만난 님과 님이 다시 이별한 유전성(遺傳性)의
흔적입니다

그러므로 만나지 않는 것도 님이 아니요 이별이 없는 것도 님
이 아닙니다
님은 만날 때에 웃음을 주고 떠날 때에 눈물을 줍니다
만날 때의 웃음보다 떠날 때의 눈물이 좋고 떠날 때의 눈물보
다 다시 만나는 웃음이 좋습니다
아아 님이여 우리의 다시 만나는 웃음은 어느 때에 있습니까

두견새

두견새는 실컷 운다
울다가 못다 울면
피를 흘려 운다

이별한 한(恨)이야 너뿐이랴마는
울래야 울지도 못하는 나는
두견새 못 된 한을 또다시 어찌하리

야속한 두견새는
돌아갈 곳도 없는 나를 보고도
'불여귀(不如歸) 불여귀'

나의 꿈

　당신이 맑은 새벽에 나무 그늘 사이에서 산보할 때에 나의 꿈은 적은 별이 되어서 당신의 머리 위에 지키고 있겠습니다

　당신이 여름날에 더위를 못 이기어 낮잠을 자거든 나의 꿈은 맑은 바람이 되어서 당신의 주위에 떠돌겠습니다

　당신이 고요한 가을밤에 그윽히 앉아서 글을 볼 때에 나의 꿈은 귀뚜라미가 되어서 당신의 책상 밑에서 '귀똘귀똘' 울겠습니다

우는 때

꽃 핀 아침 달 밝은 저녁 비 오는 밤 그때가 가장 님 기루은 때
라고 남들은 말합니다
나도 같은 고요한 때로는 그때에 많이 울었습니다

그러나 나는 여러 사람이 모여서 말하고 노는 때에 더 울게
됩니다
님 있는 여러 사람들은 나를 위로하여 좋은 말을 합니다마는
나는 그들의 위로하는 말을 조소로 듣습니다
그때에는 울음을 삼켜서 눈물을 속으로 창자를 향하여 흘립
니다

타고르의 시(GARDENISTO)를 읽고

　벗이여 나의 벗이여 애인의 무덤 위의 피어 있는 꽃처럼 나를 울리는 벗이여

　적은 새의 자취도 없는 사막의 밤에 문득 만난 님처럼 나를 기쁘게 하는 벗이여

　그대는 옛 무덤을 깨치고 하늘까지 사무치는 백골의 향기입니다

　그대는 화환을 만들려고 떨어진 꽃을 줍다가 다른 가지에 걸려서 주운 꽃을 헤치고 부르는 절망인 희망의 노래입니다

　벗이여 깨어진 사랑에 우는 벗이여

　눈물이 능히 떨어진 꽃을 옛 가지에 도로 피게 할 수는 없습니다

　눈물을 떨어진 꽃에 뿌리지 말고 꽃나무 밑의 티끌에 뿌리셔요

　벗이여 나의 벗이여

　죽음의 향기가 아무리 좋다 하여도 백골의 입술에 입 맞출 수는 없습니다

　그의 무덤을 황금의 노래로 그물 치지 마셔요 무덤 위에 피 묻은 깃대를 세우셔요

　그러나 죽은 대지가 시인의 노래를 거쳐서 움직이는 것을 봄

바람은 말합니다

  벗이여 부끄럽습니다 나는 그대의 노래를 들을 때에 어떻게
부끄럽고 떨리는지 모르겠습니다
  그것은 내가 나의 님을 떠나서 홀로 그 노래를 듣는 까닭입니다

수(繡)의 비밀

나는 당신의 옷을 다 지어 놓았습니다
심의도 짓고 도포도 짓고 자리옷도 지었습니다
짓지 아니한 것은 적은 주머니에 수놓는 것뿐입니다

그 주머니는 나의 손때가 많이 묻었습니다
짓다가 놓아두고 짓다가 놓아두고 한 까닭입니다
다른 사람들은 나의 바느질 솜씨가 없는 줄로 알지마는 그러한 비밀은 나밖에는 아는 사람이 없습니다
나의 마음이 아프고 쓰린 때에는 주머니에 수를 놓으려면 나의 마음은 수놓는 금실을 따라서 바늘구멍으로 들어가고 주머니 속에서 맑은 노래가 나와서 나의 마음이 됩니다
그리고 아직 이 세상에는 그 주머니에 넣을 만한 무슨 보물이 없습니다
이 적은 주머니는 짓기 싫어서 짓지 못하는 것이 아니라 짓고 싶어서 다 짓지 않는 것입니다

사랑의 불

산천초목에 붙는 불은 수인씨(燧人氏)가 내셨습니다

청춘의 음악에 무도(舞蹈)하는 나의 가슴을 태우는 불은 가는 님이 내셨습니다

촉석루를 안고 돌며 푸른 물결의 그윽한 품에 논개의 청춘을 잠재우는 남강의 흐르는 물아

모란봉의 키스를 받고 계월향의 무정(無情)을 저주하면서 능라도를 감돌아 흐르는 실연자(失戀者)인 대동강아

그대들의 권위로도 애태우는 불은 끄지 못할 줄을 번연히 알지마는 입버릇으로 불러 보았다

만일 그대네가 쓰리고 아픈 슬픔으로 졸이다가 폭발되는 가슴 가운데의 불을 끌 수가 있다면 그대들이 님 기루은 사람을 위하여 노래를 부를 때에 이따금 이따금 목이 메어 소리를 이루지 못함은 무슨 까닭인가

남들이 볼 수 없는 그대네의 가슴속에도 애태우는 불꽃이 거꾸로 타들어 가는 것을 나는 본다

오오 님의 정열의 눈물과 나의 감격의 눈물이 마주 닿아서 합류가 되는 때에 그 눈물의 첫 방울로 나의 가슴의 불을 끄고 그 다음 방울을 그대네의 가슴에 뿌려 주리라

'사랑'을 사랑하여요

당신의 얼굴은 봄 하늘의 고요한 별이어요

그러나 찢어진 구름 사이로 돋아 오는 반달 같은 얼굴이 없는
것이 아닙니다

만일 어여쁜 얼굴만을 사랑한다면 왜 나의 베갯모에 달을 수
놓지 않고 별을 수놓아요

당신의 마음은 티 없는 숫옥(玉)이어요 그러나 곱기도 밝기도
굳기도 보석 같은 마음이 없는 것이 아닙니다

만일 아름다운 마음만을 사랑한다면 왜 나의 반지를 보석으
로 아니하고 옥으로 만들어요

당신의 시는 봄비에 새로 눈트는 금결 같은 버들이어요

그러나 기름 같은 검은 바다에 피어오르는 백합꽃 같은 시가
없는 것이 아닙니다

만일 좋은 문장만을 사랑한다면 왜 내가 꽃을 노래하지 않고
버들을 찬미하여요

온 세상 사람이 나를 사랑하지 아니할 때에 당신만이 나를 사
랑하였습니다

나는 당신을 사랑하여요 나는 당신의 '사랑'을 사랑하여요

버리지 아니하면

나는 잠자리에 누워서 자다가 깨고 깨다가 잘 때에 외로운 등잔불은 각근(恪勤)한 파수꾼처럼 온밤을 지킵니다
당신이 나를 버리지 아니하면 나는 일생의 등잔불이 되어서 당신의 백 년을 지키겠습니다

나는 책상 앞에 앉아서 여러 가지 글을 볼 때에 내가 요구만 하면 글은 좋은 이야기도 하고 맑은 노래도 부르고 엄숙한 교훈도 줍니다
당신이 나를 버리지 아니하면 나는 복종의 백과전서가 되어서 당신의 요구를 수응하겠습니다

나는 거울을 대하여 당신의 키스를 기다리는 입술을 볼 때에 속임 없는 거울은 내가 웃으면 거울도 웃고 내가 찡그리면 거울도 찡그립니다
당신이 나를 버리지 아니하면 나는 마음의 거울이 되어서 속임 없이 당신의 고락을 같이하겠습니다

당신 가신 때

당신이 가실 때에 나는 다른 시골에 병들어 누워서 이별의 키스도 못 하였습니다

그때는 가을바람이 첨으로 나서 단풍이 한 가지에 두서너 잎이 붉었습니다

나는 영원의 시간에서 당신 가신 때를 끊어 내겠습니다 그러면 시간은 두 도막이 납니다

시간의 한 끝은 당신이 가지고 한 끝은 내가 가졌다가 당신의 손과 나의 손과 마주 잡을 때에 가만히 이어 놓겠습니다

그러면 붓대를 잡고 남의 불행한 일만을 쓰려고 기다리는 사람들도 당신의 가신 때는 쓰지 못할 것입니다

나는 영원의 시간에서 당신 가신 때를 끊어 내겠습니다

요술

가을 홍수가 적은 시내의 쌓인 낙엽을 휩쓸어 가듯이 당신은
나의 환락의 마음을 빼앗아 갔습니다 나에게 남은 마음은 고통
뿐입니다

그러나 나는 당신을 원망할 수는 없습니다 당신이 가기 전에
는 나의 고통의 마음을 빼앗아 간 까닭입니다

만일 당신이 환락의 마음과 고통의 마음을 동시에 빼앗아 간
다 하면 나에게는 아무 마음도 없겠습니다

나는 하늘의 별이 되어서 구름의 면사(面紗)로 낯을 가리고 숨
어 있겠습니다

나는 바다의 진주가 되었다가 당신의 구두에 단추가 되겠습
니다

당신이 만일 별과 진주를 따서 게다가 마음을 넣어서 다시 당
신의 님을 만든다면 그때에는 환락의 마음을 넣어 주셔요

부득이 고통의 마음도 넣어야 하겠거든 당신의 고통을 빼어
다가 넣어 주셔요

그리고 마음을 빼앗아 가는 요술은 나에게는 가르쳐 주지 마
셔요

그러면 지금의 이별이 사랑의 최후는 아닙니다

당신의 마음

나는 당신의 눈썹이 검고 귀가 갸름한 것도 보았습니다
그러나 당신의 마음을 보지 못하였습니다
당신이 사과를 따서 나를 주려고 크고 붉은 사과를 따로 쌀 때
에 당신의 마음이 그 사과 속으로 들어가는 것을 분명히 보았습
니다

나는 당신의 둥근 배와 잔나비 같은 허리와 보았습니다
그러나 당신의 마음을 보지 못하였습니다
당신이 나의 사진과 어떤 여자의 사진을 같이 들고 볼 때에 당
신의 마음이 두 사진의 사이에서 초록빛이 되는 것을 분명히 보
았습니다

나는 당신의 발톱이 희고 발꿈치가 둥근 것도 보았습니다
그러나 당신의 마음을 보지 못하였습니다
당신이 떠나시려고 나의 큰 보석 반지를 주머니에 넣으실 때
에 당신의 마음이 보석 반지 너머로 얼굴을 가리고 숨는 것을 분
명히 보았습니다

여름밤이 길어요

당신이 계실 때에는 겨울밤이 쩌르더니 당신이 가신 뒤에는 여름밤이 길어요

책력의 내용이 그릇되었나 하였더니 개똥불이 흐르고 벌레가 웁니다

긴 밤은 어데서 오고 어데로 가는 줄을 분명히 알았습니다

긴 밤은 근심 바다의 첫 물결에서 나와서 슬픈 음악이 되고 아득한 사막이 되더니 필경 절망의 성 너머로 가서 악마의 웃음 속으로 들어갑니다

그러나 당신이 오시면 나는 사랑의 칼을 가지고 긴 밤을 베혀서 일천 도막을 내겠습니다

당신이 계실 때에는 겨울밤이 쩌르더니 당신이 가신 뒤에는 여름밤이 길어요

◆ 쩌르더니: 짧더니.

명상

　아득한 명상의 적은 배는 가이없이 출렁거리는 달빛의 물결에 표류되어 멀고 먼 별나라를 넘고 또 넘어서 이름도 모르는 나라에 이르렀습니다

　이 나라에는 어린 아기의 미소와 봄 아침과 바다 소리가 합하여 사람이 되었습니다

　이 나라 사람은 옥새의 귀한 줄도 모르고 황금을 밟고 다니고 미인의 청춘을 사랑할 줄도 모릅니다

　이 나라 사람은 웃음을 좋아하고 푸른 하늘을 좋아합니다

　명상의 배를 이 나라의 궁전에 매었더니 이 나라 사람들은 나의 손을 잡고 같이 살자고 합니다

　그러나 나는 님이 오시면 그의 가슴에 천국을 꾸미려고 돌아왔습니다

　달빛의 물결은 흰 구슬을 머리에 이고 춤추는 어린 풀의 장단을 맞추어 우줄거립니다

칠석(七夕)

"차라리 님이 없이 스스로 님이 되고 살지언정 하늘 위의 직
녀성은 되지 않겠어요 네 네" 나는 언제인지 님의 눈을 쳐다보며
조금 아양스런 소리로 이렇게 말하였습니다

이 말은 견우의 님을 그리우는 직녀가 일 년에 한 번씩 만나는
칠석을 어찌 기다리나 하는 동정의 저주였습니다

이 말에는 나는 모란꽃에 취한 나비처럼 일생을 님의 키스에
바쁘게 지나겠다는 교만한 맹서가 숨어 있습니다

아아 알 수 없는 것은 운명이요 지키기 어려운 것은 맹서입니다

나의 머리가 당신의 팔 위에 도리질을 한 지가 칠석을 열 번이
나 지나고 또 몇 번을 지내었습니다

그러나 그들은 나를 용서하고 불쌍히 여길 뿐이요 무슨 복수
적(復讎的) 저주를 아니하였습니다

그들은 밤마다 밤마다 은하수를 사이에 두고 마주 건너다보
며 이야기하고 놉니다

그들은 해쭉해쭉 웃는 은하수의 강안(江岸)에서 물을 한 줌씩
쥐어서 서로 던지고 다시 뉘우쳐 합니다

그들은 물에다 발을 잠그고 반 비슥이 누워서 서로 안 보는 체
하고 무슨 노래를 부릅니다

그들은 갈잎으로 배를 만들고 그 배에다 무슨 글을 써서 물에 띄우고 입김으로 불어서 서로 보냅니다 그러고 서로 글을 보고 이해하지 못하는 것처럼 잠자코 있습니다

그들은 돌아갈 때에는 서로 보고 웃기만 하고 아무 말도 아니 합니다

지금은 칠월 칠석날 밤입니다

그들은 난초 실로 주름을 접은 연꽃의 윗옷을 입었습니다

그들은 한 구슬에 일곱 빛 나는 계수나무 열매의 노리개를 찼습니다

키스의 술에 취할 것을 상상하는 그들의 뺨은 먼저 기쁨을 못 이기는 자기의 열정에 취하여 반이나 붉었습니다

그들은 오작교를 건너갈 때에 걸음을 멈추고 윗옷의 뒷자락을 검사합니다

그들은 오작교를 건너서 서로 포옹하는 동안에 눈물과 웃음이 순서를 잃더니 다시금 공경하는 얼굴을 보입니다

아아 알 수 없는 것은 운명이요 지키기 어려운 것은 맹서입니다

나는 그들의 사랑이 표현인 것을 보았습니다

진정한 사랑은 표현할 수가 없습니다

그들은 나의 사랑을 볼 수는 없습니다

사랑의 신성(神聖)은 표현에 있지 않고 비밀에 있습니다

그들이 나를 하늘로 오라고 손짓을 한대도 나는 가지 않겠습

니다

지금은 칠월 칠석날 밤입니다

생의 예술

　모르는 결에 쉬어지는 한숨은 봄바람이 되어서 야윈 얼굴을
비치는 거울에 이슬 꽃을 핍니다
　나의 주위에는 화기(和氣)라고는 한숨의 봄바람밖에는 아무
것도 없습니다
　하염없이 흐르는 눈물은 수정이 되어서 깨끗한 슬픔의 성경
(聖境)을 비칩니다
　나는 눈물의 수정이 아니면 이 세상에 보물이라고는 하나도
없습니다

　한숨의 봄바람과 눈물의 수정은 떠난 님을 기루어하는 정(情)
의 추수(秋收)입니다
　저리고 쓰린 슬픔은 힘이 되고 열이 되어서 어린 양과 같은 적
은 목숨을 살아 움직이게 합니다
　님이 주시는 한숨과 눈물은 아름다운 생의 예술입니다

꽃싸움

당신은 두견화를 심으실 때에 "꽃이 피거든 꽃싸움하자"고 나에게 말하였습니다

꽃은 피어서 시들어 가는데 당신은 옛 맹서를 잊으시고 아니 오십니까

나는 한 손에 붉은 꽃수염을 가지고 한 손에 흰 꽃수염을 가지고 꽃싸움을 하여서 이기는 것은 당신이라 하고 지는 것은 내가 됩니다

그러나 정말로 당신을 만나서 꽃싸움을 하게 되면 나는 붉은 꽃수염을 가지고 당신은 흰 꽃수염을 가지게 합니다

그러면 당신은 나에게 번번이 지십니다

그것은 내가 이기기를 좋아하는 것이 아니라 당신이 나에게 지기를 기뻐하는 까닭입니다

번번이 이긴 나는 당신에게 우승의 상을 달라고 조르겠습니다

그러면 당신은 빙긋이 웃으며 나의 뺨에 입 맞추겠습니다

꽃은 피어서 시들어 가는데 당신은 옛 맹서를 잊으시고 아니 오십니까

거문고 탈 때

달 아래에서 거문고를 타기는 근심을 잊을까 함이러니 첫 곡조가 끝나기 전에 눈물이 앞을 가려서 밤은 바다가 되고 거문고 줄은 무지개가 됩니다.

거문고 소리가 높았다가 가늘고 가늘다가 높을 때에 당신은 거문고 줄에서 그네를 뜁니다

마지막 소리가 바람을 따라서 느티나무 그늘로 사라질 때에 당신은 나를 힘없이 보면서 아득한 눈을 감습니다.

아아 당신은 사라지는 거문고 소리를 따라서 아득한 눈을 감습니다

오셔요

오셔요 당신은 오실 때가 되었어요 어서 오셔요
당신은 당신의 오실 때가 언제인지 아십니까 당신의 오실 때
는 나의 기다리는 때입니다

당신은 나의 꽃밭으로 오셔요 나의 꽃밭에는 꽃들이 피어 있
습니다
만일 당신을 쫓아오는 사람이 있으면 당신은 꽃 속으로 들어
가서 숨으십시오
나는 나비가 되어서 당신 숨은 꽃 위에 가서 앉겠습니다
그러면 쫓아오는 사람이 당신을 찾을 수는 없습니다
오셔요 당신은 오실 때가 되었습니다 어서 오셔요

당신은 나의 품으로 오셔요 나의 품에는 보드라운 가슴이 있
습니다
만일 당신을 쫓아오는 사람이 있으면 당신은 머리를 숙여서
나의 가슴에 대입시오
나의 가슴은 당신이 만질 때에는 물같이 보드랍지마는 당신
의 위험을 위하여는 황금의 칼도 되고 강철의 방패도 됩니다
나의 가슴은 말굽에 밟힌 낙화가 될지언정 당신의 머리가 나
의 가슴에서 떨어질 수는 없습니다

그러면 쫓아오는 사람이 당신에게 손을 대일 수는 없습니다

오셔요 당신은 오실 때가 되었습니다 어서 오셔요

당신은 나의 죽음 속으로 오셔요 죽음은 당신을 위하여의 준비가 언제든지 되어 있습니다

만일 당신을 쫓아오는 사람이 있으면 당신은 나의 죽음의 뒤에 서십시오

죽음은 허무와 만능이 하나입니다

죽음의 사랑은 무한인 동시에 무궁입니다

죽음의 앞에는 군함과 포대(砲臺)가 티끌이 됩니다

죽음의 앞에는 약자와 강자가 벗이 됩니다

그러면 쫓아오는 사람이 당신을 잡을 수는 없습니다

오셔요 당신은 오실 때가 되었습니다 어서 오셔요

쾌락

님이여 당신은 나를 당신 계신 때처럼 잘 있는 줄로 아십니까
그러면 당신은 나를 아신다고 할 수가 없습니다

당신이 나를 두고 멀리 가신 뒤로는 나는 기쁨이라고는 달도
없는 가을 하늘에 외기러기의 발자취만치도 없습니다

거울을 볼 때에 절로 오던 웃음도 오지 않습니다
꽃나무를 심고 물 주고 북 돋우던 일도 아니합니다
고요한 달 그림자가 소리 없이 걸어와서 엷은 창에 소곤거리
는 소리도 듣기 싫습니다
가물고 더운 여름 하늘에 소낙비가 지나간 뒤에 산모롱이의
적은 숲에서 나는 서늘한 맛도 달지 않습니다
동무도 없고 노리개도 없습니다

나는 당신이 가신 뒤에 이 세상에서 얻기 어려운 쾌락이 있습
니다
그것은 다른 것이 아니라 이따금 실컷 우는 것입니다

고대(苦待)

당신은 나로 하여금 날마다 날마다 당신을 기다리게 합니다

해가 저물어 산 그림자가 촌집을 덮을 때에 나는 기약 없는 기대를 가지고 마을 숲 밖에 가서 기다리고 있습니다

소를 몰고 오는 아해들의 풀잎피리는 제 소리에 목맺힙니다

먼 나무로 돌아가는 새들은 저녁연기에 헤엄칩니다

숲들은 바람과의 유희를 그치고 잠잠히 섰습니다 그것은 나에게 동정하는 표상입니다

시내를 따라 굽이친 모랫길이 어둠의 품에 안겨서 잠들 때에 나는 고요하고 아득한 하늘에 긴 한숨의 사라진 자취를 남기고 게으른 걸음으로 돌아옵니다

당신은 나로 하여금 날마다 날마다 당신을 기다리게 합니다

어둠의 입이 황혼의 엷은 빛을 삼킬 때에 나는 시름없이 문밖에 서서 당신을 기다립니다

다시 오는 별들은 고운 눈으로 반가운 표정을 빛내면서 머리를 조아 다투어 인사합니다

풀 사이의 벌레들은 이상한 노래로 백주(白晝)의 모든 생명의 전쟁을 쉬게 하는 평화의 밤을 공양합니다

네모진 적은 못의 연잎 위에 발자취 소리를 내는 실없는 바람이 나를 조롱할 때에 나는 아득한 생각이 날카로운 원망으로 화

합니다

　당신은 나로 하여금 날마다 날마다 당신을 기다리게 합니다

　일정한 보조로 걸어가는 사정(私情) 없는 시간이 모든 희망을 채찍질하여 밤과 함께 몰아갈 때에 나는 쓸쓸한 잠자리에 누워서 당신을 기다립니다

　가슴 가운데의 저기압은 인생의 해안에 폭풍우를 지어서 삼천세계는 유실되었습니다

　벗을 잃고 견디지 못하는 가엾은 잔나비는 정(情)의 삼림에서 저의 숨에 질식되었습니다

　우주와 인생의 근본 문제를 해결하는 대철학은 눈물의 삼매(三昧)에 입정(入定)되었습니다

　나의 '기다림'은 나를 찾다가 못 찾고 저의 자신까지 잃어버렸습니다

사랑의 끝판

네 네 가요 지금 곧 가요

에그 등불을 켜려다가 초를 거꾸로 꽂았습니다그려 저를 어쩌나 저 사람들이 숭보겠네

님이여 나는 이렇게 바쁩니다 님은 나를 게으르다고 꾸짖습니다 에그 저것 좀 보아 "바쁜 것이 게으른 것이다" 하시네

내가 님의 꾸지람을 듣기로 무엇이 싫겠습니까 다만 님의 거문고 줄이 완급을 잃을까 저퍼합니다

님이여 하늘도 없는 바다를 거쳐서 느릅나무 그늘을 지워 버리는 것은 달빛이 아니라 새는 빛입니다

홰를 탄 닭은 날개를 움직입니다

마구에 매인 말은 굽을 칩니다

네 네 가요 이제 곧 가요

♦ 저퍼합니다: 두려워합니다.

독자에게

독자여 나는 시인으로 여러분의 앞에 보이는 것을 부끄러합니다

여러분이 나의 시를 읽을 때에 나를 슬퍼하고 스스로 슬퍼할 줄을 압니다

나는 나의 시를 독자의 자손에게까지 읽히고 싶은 마음은 없습니다

그때에는 나의 시를 읽는 것이 늦은 봄의 꽃 수풀에 앉아서 마른 국화를 비벼서 코에 대이는 것과 같을는지 모르겠습니다

밤은 얼마나 되었는지 모르겠습니다

설악산의 무거운 그림자는 엷어갑니다

새벽종을 기다리면서 붓을 던집니다

(을축 팔월 이십구일 밤 끝)

이육사 『육사 시집』(서울출판사 1946)

황혼

내 골방의 커튼을 걷고
정성 된 마음으로 황혼을 맞아들이노니
바다의 흰 갈매기들같이도
인간은 얼마나 외로운 것이냐

황혼아 네 부드러운 손을 힘껏 내밀라
내 뜨거운 입술을 맘대로 맞추어 보련다
그리고 네 품 안에 안긴 모든 것에
나의 입술을 보내게 해 다오

저— 십이성좌의 반짝이는 별들에게도
종소리 저문 삼림 속 그윽한 수녀들에게도
시멘트 장판 위 그 많은 수인(囚人)들에게도
의지가지없는 그들의 심장이 얼마나 떨고 있는가

고비사막을 걸어가는 낙타 탄 행상대에게나
아프리카 녹음 속 활 쏘는 토인들에게라도
황혼아 네 부드러운 품 안에 안기는 동안이라도
지구의 반쪽만을 나의 타는 입술에 맡겨 다오

내 오월의 골방이 아늑도 하니
황혼아 내일도 또 저— 푸른 커튼을 걷게 하겠지
암암(暗暗)히 사라지긴 시냇물 소리 같아서
한번 식어지면 다시는 돌아올 줄 모르나 보다

청포도

내 고장 칠월은
청포도가 익어 가는 시절

이 마을 전설이 주저리주저리 열리고
먼 데 하늘이 꿈꾸며 알알이 들어와 박혀

하늘 밑 푸른 바다가 가슴을 열고
흰 돛단배가 곱게 밀려서 오면

내가 바라는 손님은 고달픈 몸으로
청포(靑袍)를 입고 찾아온다고 했으니

내 그를 맞아 이 포도를 따 먹으면
두 손은 함뿍 적셔도 좋으련

아이야 우리 식탁엔 은쟁반에
하이얀 모시 수건을 마련해 두렴

노정기(路程記)

목숨이란 마치 깨어진 배 쪼각

여기저기 흩어져 마을이 구죽죽한 어촌보담 어설프고

삶의 티끌만 오래 묵은 포범(布帆)처럼 달아매였다

남들은 기뻤다는 젊은 날이었건만

밤마다 내 꿈은 서해를 밀항하는 정크와 같아

소금에 절고 조수(潮水)에 부풀어 올랐다

항상 흐렷한 밤 암초를 벗어나면 태풍과 싸워 가고

전설에 읽어 본 산호도(珊瑚島)는 구경도 못 하는

그곳은 남십자성이 비쳐 주도 않았다

쫓기는 마음 지친 몸이길래

그리운 지평선을 한숨에 기오르면

시궁치는 열대식물처럼 발목을 오여쌌다

새벽 밀물에 밀려온 거미이냐

다 삭아 빠진 소라 껍질에 나는 붙어 왔다

먼 항구의 노정에 흘러간 생활을 들여다보며

◆ 오여쌌다: 에워쌌다.

연보(年譜)

"너는 돌다릿목에서 쥐 왔다"던
할머니 핀잔이 참이라고 하자

나는 진정 강 언덕 그 마을에
버려진 문바지였는지 몰라

그러기에 열여덟 새봄은
버들피리 곡조에 불어 보내고

첫사랑이 흘러간 항구의 밤
눈물 섞어 마신 술 피보다 달더라

공명이 마다곤들 언제 말이나 했나
바람에 붙여 돌아온 고장도 비고

서리 밟고 걸어간 새벽길 위에
간(肝)잎만 새하얗게 단풍이 들어

거미줄만 발목에 걸린다 해도
쇠사슬을 잡아맨 듯 무거워졌다

눈 위에 걸어가면 자욱이 지리라고
때로는 설레이며 바람도 불지

◆ 문바지: 문 앞에 버려진 아이.

절정

매운 계절의 채찍에 갈겨
마침내 북방으로 휩쓸려 오다

하늘도 그만 지쳐 끝난 고원
서릿발 칼날 진 그 위에 서다

어데다 무릎을 꿇어야 하나
한 발 재겨 디딜 곳조차 없다

이러매 눈 감아 생각해 볼밖에
겨울은 강철로 된 무지갠가 보다

아편

나릿한 남만(南蠻)의 밤
번제(燔祭)의 두렛불 타오르고

옥돌보다 찬 넋이 있어
홍역이 만발하는 거리로 쏠려

거리엔 노아의 홍수 넘쳐나고
위태한 섬 위에 빛난 별 하나

너는 고 알몸뚱아리 향기를
봄마다 바람 실은 돛대처럼 오라

무지개같이 황홀한 삶의 광영(光榮)
죄와 곁들여도 삶 직한 누리

나의 뮤즈

아주 헐벗은 나의 뮤즈는
한 번도 기야 싶은 날이 없어
사뭇 밤만을 왕자처럼 누려 왔소

아무것도 없는 주제였만도
모든 것이 제 것인 듯 버티는 멋이야
그냥 인드라의 영토를 날아도 다닌다오

고향은 어데라 물어도 말은 않지만
처음은 정녕 북해안 매운 바람 속에 자라
대곤(大鯤)을 타고 다녔단 것이 일생의 자랑이죠

계집을 사랑커든 수염이 너무 주체스럽다도
취하면 행랑 뒷골목을 돌아서 다니며
복(袱)보다 크고 흰 귀를 자주 망토로 가리오

그러나 나와는 몇 천겁(千劫) 동안이나
바로 비취가 녹아나는 듯한 돌샘 가에
향연이 벌어지면 부르는 노래란 목청이 외골수요

밤도 시진하고 닭 소리 들릴 때면

그만 그는 별 계단을 성큼성큼 올라가고

나는 촛불도 꺼져 백합꽃 밭에 옷깃이 젖도록 잤소

교목(喬木)

푸른 하늘에 닿을 듯이
세월에 불타고 우뚝 남아 서서
차라리 봄도 꽃피진 말아라

낡은 거미집 휘두르고
끝없는 꿈길에 혼자 설레이는
마음은 아예 뉘우침 아니라

검은 그림자 쓸쓸하면
마침내 호수 속 깊이 거꾸러져
차마 바람도 흔들진 못해라

아미(蛾眉)

구름의 백작부인

향수(鄕愁)에 철나면 눈썹이 기나니요
바다랑 바람이랑 그 사이 태어났고
나라마다 어진 풍속 자랐겠죠

짙푸른 깁장(帳)을 나서면 그 몸매
하이얀 깃옷은 휘둘러 눈부시고
정녕 왈츠라도 추실란가 봐요

햇살같이 펼쳐진 부채는 감춰도
도톰한 손결 교소(驕笑)를 가루어서
공주의 홀(笏)보다 깨끗이 떨리오

언제나 모듬에 지쳐서 돌아오면
꽃다발 향기조차 기억만 새로워라
찬 젓대 소리에다 옷끈을 흘려보내고

촛불처럼 타오르는 가슴속 사념(思念)은
진정 누구를 아끼시는 속죄라오
발아래 가득히 황혼이 나우리치오

달빛은 서늘한 원주(圓柱) 아래 듭시면

장미 쪄 이고 장미 쪄 흩으시고

아련히 가시는 곳 그 어딘가 보이오

◆ 쪄: 베어 내어.

자야곡(子夜曲)

수만호 빛이래야 할 내 고향이언만
노랑나비도 오잖는 무덤 위에 이끼만 푸르러라

슬픔도 자랑도 집어삼키는 검은 꿈
파이프엔 조용히 타오르는 꽃불도 향기론데

연기는 돛대처럼 나려 항구에 들고
옛날의 들창마다 눈동자엔 짜운 소금이 저려

바람 불고 눈보라 치잖으면 못 살리라
매운 술을 마셔 돌아가는 그림자 발자취 소리

숨 막힐 마음속에 어데 강물이 흐르느뇨
달은 강을 따르고 나는 차디찬 강 맘에 들이느라

수만호 빛이래야 할 내 고향이언만
노랑나비도 오잖는 무덤 위에 이끼만 푸르러라

호수

내어달리고 저운 마음이련마는
바람 씻은 듯 다시 명상하는 눈동자

때로 백조를 불러 휘날려 보기도 하건만
그만 기슭을 안고 돌아누워 흑흑 느끼는 밤

희미한 별 그림자를 씹어 놓이는 동안
자줏빛 안개 가벼운 명모(瞑帽)같이 나려씌운다

◆ 저운: 싶은.

소년에게

차디찬 아침 이슬
진주가 빛나는 못가
연꽃 하나 다복히 피고

소년아 네가 낳다니
맑은 넋에 깃들여
박꽃처럼 자랐세라

큰 강 목 놓아 흘러
여울은 흰 돌쪽마다
소리 석양을 새기고

너는 준마 달리며
죽도(竹刀) 저 곧은 기운을
목숨같이 사랑했거늘

거리를 쫓아다녀도
분수(噴水) 있는 풍경 속에
동상답게 서 봐도 좋다

서풍 뺨을 스치고
하늘 한 가 구름 뜨는곳
희고 푸른 지음을 노래하며

그래 가락은 흔들리고
별들 춥다 얼어붙고
너조차 미친들 어떠랴

강 건너간 노래

섣달에도 보름께 달 밝은 밤
앞 냇강 쨍쨍 얼어 조이던 밤에
내가 부르던 노래는 강 건너갔소

강 건너 하늘 끝에 사막도 닿은 곳
내 노래는 제비같이 날아서 갔소

못 잊을 계집애나 집조차 없다기
가기는 갔지만 어린 날개 지치면
그만 어느 모래불에 떨어져 타 죽겠소

사막은 끝없이 푸른 하늘이 덮여
눈물 먹은 별들이 조상 오는 밤

밤은 옛일을 무지개보다 곱게 짜내나니
한 가락 여기 두고 또 한 가락 어데멘가
내가 부른 노래는 그 밤에 강 건너갔소

파초

항상 앓는 나의 숨결이 오늘은
해월(海月)처럼 게을러 은빛 물결에 뜨나니

파초 너의 푸른 옷깃을 들어
이닷 타는 입술을 축여 주렴

그 옛적 사라센의 마지막 날엔
기약 없이 흩어진 두 날 넋이었어라

젊은 여인들의 잡아 못 논 소매 끝엔
고운 소금조차 아직 꿈을 짜는데

먼 성좌와 새로운 꽃들을 볼 때마다
잊었던 계절을 몇 번 눈 위에 그렸느뇨

차라리 천년 뒤 이 가을밤 나와 함께
빗소리는 얼마나 긴가 재어 보자

그리고 새벽하늘 어데 무지개 서면
무지개 밟고 다시 끝없이 헤어지세

♦ 이닷: 이다지.

반묘(斑猫)

어느 사막의 나라 유폐된 후궁의 넋이기에
몸과 마음도 아롱져 근심스러워라

칠색(七色) 바다를 건너서 와도 그냥 눈동자에
고향의 황혼을 간직해 서럽지 않뇨

사람의 품에 깃들면 등을 굽히는 짓새
산맥을 느낄사록 끝없이 게을러라

그 적은 포효는 어느 조선(祖先) 때 유전이길래
마노(瑪瑙)의 노래야 한층 더 잔조우리라

그보다 뜰 안에 흰나비 나직이 날아올 땐
한낮의 태양과 튤립 한 송이 지킴 직하고

독백

운모처럼 희고 찬 얼굴
그냥 주검에 물든 줄 아나
내 지금 달 아래 서서 있네

높대보다 높다란 어깨
얇은 구름쪽 거미줄 가려
파도나 바람을 귀밑에 듣네

갈매긴 양 떠도는 심사
어데 하난들 끝 간 델 아리
으릇한 사념(思念)을 기폭(旗幅)에 흘리네

선창(船窓)마다 푸른 막 치고
촛불 향수(鄕愁)에 찌르르 타면
운하는 밤마다 무지개 지네

박쥐 같은 날개나 펴면
아주 흐린 날 그림자 속에
떠서는 날잖는 사복이 됨세

닭 소리나 들리면 가랴
안개 뽀얗게 나리는 새벽
그곳을 가만히 나려서 감세

일식(日蝕)

쟁반에 먹물을 담아 비쳐 본 어린 날
불개는 그만 하나밖에 없는 내 날을 먹었다

날과 땅이 한 줄 위에 돈다는 고 순간만이라도
차라리 헛말이기를 밤마다 정녕 빌어도 보았다

마침내 가슴은 동굴보다 어두워 설레인고녀
다만 한 봉오리 피려는 장미 벌레가 좀치렸다

그래서 더 예쁘고 진정 덧없지 아니하냐
또 어데 다른 하늘을 얻어
이슬 젖은 별빛에 가꾸련다

♦ 좀치렸다: 좀먹었다.

해후

　모든 별들이 비취 계단을 나리고 풍악 소리 바로 조수처럼 부풀어 오르던 그 밤 우리는 바다의 전당을 떠났다

　가을꽃을 하직하는 나비 모양 떨어져선 다시 가까이 되돌아 보곤 또 멀어지던 흰 날개 위엔 볕살도 따갑더라

　머나먼 기억은 끝없는 나그네의 시름 속에 자라나는 너를 간직하고 너도 나를 아껴 항상 단조한 물결에 익었다

　그러나 물결은 흔들려 끝끝내 보이지 않고 나조차 계절풍의 넋이 같이 휩쓸려 정치못 일곱 바다에 밀렸거늘

　너는 무슨 일로 사막의 공주 같아 연지 찍은 붉은 입술을 내 근심에 표백된 돛대에 거느뇨 오— 안타까운 신월(新月)

　때론 너를 불러 꿈마다 눈 덮인 내 섬 속 투명한 영락(玲珞)으로 세운 집 안에 머리 푼 알몸을 황금 항쇄(項鎖) 족쇄로 매어 두고

　귓밤에 우는 구슬과 사슬 끊는 소리 들으며 나는 이름도 모를 꽃밭에 물을 뿌리며 먼 다음날을 빌었더니

꽃들이 피면 향기에 취한 나는 잠든 틈을 타 너는 온갖 화판
(花瓣)을 따서 날개를 붙이고 그만 어데로 날아갔더냐

지금 놀이 나려 선창(船窓)이 고향의 하늘보다 둥글거늘 검은
망토를 두르기는 지나간 세기(世紀)의 상장(喪章) 같아 슬프지
않은가

차라리 그 고운 손에 흰 수건을 날리렴 허무의 분수령에 앞날
의 깃발을 걸고 너와 나와는 또 흐르자 부끄럽게 흐르자

광야

까마득한 날에
하늘이 처음 열리고
어데 닭 우는 소리 들렸으랴

모든 산맥들이
바다를 연모해 휘달릴 때도
차마 이곳을 범(犯)하던 못하였으리라

끊임없는 광음(光陰)을
부지런한 계절이 피어선 지고
큰 강물이 비로소 길을 열었다

지금 눈 나리고
매화 향기 홀로 아득하니
내 여기 가난한 노래의 씨를 뿌려라

다시 천고(千古)의 뒤에
백마 타고 오는 초인이 있어
이 광야에서 목 놓아 부르게 하리라

꽃

동방은 하늘도 다 끝나고
비 한 방울 나리잖는 그때에도
오히려 꽃은 빨갛게 피지 않는가
내 목숨을 꾸며 쉬임 없는 날이여

북쪽 툰드라에도 찬 새벽은
눈 속 깊이 꽃맹아리가 옴작거려
제비 떼 까맣게 날아오길 기다리나니
마침내 저버리지 못할 약속이여

한바다 복판 용솟음치는 곳
바람결 따라 타오르는 꽃성(城)에는
나비처럼 취하는 회상의 무리들아
오늘 내 여기서 너를 불러 보노라

윤동주『하늘과 바람과 별과 시』(정음사 1948)

서시(序詩)

죽는 날까지 하늘을 우러러
한 점 부끄럼이 없기를,
잎새에 이는 바람에도
나는 괴로워했다.
별을 노래하는 마음으로
모든 죽어 가는 것을 사랑해야지
그리고 나한테 주어진 길을
걸어가야겠다.

오늘 밤에도 별이 바람에 스치운다.

자화상

산모퉁이를 돌아 논가 외딴 우물을 홀로 찾아가선 가만히 들여다봅니다.

우물 속에는 달이 밝고 구름이 흐르고 하늘이 펼치고 파아란 바람이 불고 가을이 있습니다.

그리고 한 사나이가 있습니다.
어쩐지 그 사나이가 미워져 돌아갑니다.

돌아가다 생각하니 그 사나이가 가엾어집니다. 도로 가 들여다보니 사나이는 그대로 있습니다.

다시 그 사나이가 미워져 돌아갑니다.
돌아가다 생각하니 그 사나이가 그리워집니다.

우물 속에는 달이 밝고 구름이 흐르고 하늘이 펼치고 파아란 바람이 불고 가을이 있고 추억처럼 사나이가 있습니다.

소년

　여기저기서 단풍잎 같은 슬픈 가을이 뚝뚝 떨어진다. 단풍잎 떨어져 나온 자리마다 봄을 마련해 놓고 나뭇가지 위에 하늘이 펼쳐 있다. 가만히 하늘을 들여다보려면 눈썹에 파란 물감이 든다. 두 손으로 따뜻한 볼을 씻어 보면 손바닥에도 파란 물감이 묻어난다. 다시 손바닥을 들여다본다. 손금에는 맑은 강물이 흐르고, 맑은 강물이 흐르고, 강물 속에는 사랑처럼 슬픈 얼굴— 아름다운 순이의 얼굴이 어린다. 소년은 황홀히 눈을 감아 본다. 그래도 맑은 강물은 흘러 사랑처럼 슬픈 얼굴— 아름다운 순이의 얼굴은 어린다.

눈 오는 지도

순이가 떠난다는 아침에 말 못 할 마음으로 함박눈이 내려, 슬픈 것처럼 창밖에 아득히 깔린 지도 위에 덮인다.

방 안을 돌아다보아야 아무도 없다. 벽과 천정(天井)이 하얗다. 방 안에까지 눈이 내리는 것일까, 정말 너는 잃어버린 역사처럼 홀홀히 가는 것이냐, 떠나기 전에 일러둘 말이 있던 것을 편지를 써서도 네가 가는 곳을 몰라 어느 거리, 어느 마을, 어느 지붕 밑, 너는 내 마음속에만 남아 있는 것이냐, 네 쪼그만 발자국을 눈이 자꾸 내려 덮여 따라갈 수도 없다. 눈이 녹으면 남은 발자국 자리마다 꽃이 피리니 꽃 사이로 발자국을 찾아 나서면 일 년 열두 달 하냥 내 마음에는 눈이 내리리라.

돌아와 보는 밤

세상으로부터 돌아오듯이 이제 내 좁은 방에 돌아와 불을 끄옵니다. 불을 켜 두는 것은 너무나 피로롭은 일이옵니다. 그것은 낮의 연장이옵기에—

이제 창을 열어 공기를 바꾸어 들여야 할 텐데 밖을 가만히 내다보아야 방 안과 같이 어두워 꼭 세상 같은데 비를 맞고 오던 길이 그대로 빗속에 젖어 있사옵니다.

하루의 울분을 씻을 바 없어 가만히 눈을 감으면 마음속으로 흐르는 소리, 이제, 사상(思想)이 능금처럼 저절로 익어 가옵니다.

◆ 피로롭은: 피로한 듯한.

병원

살구나무 그늘로 얼굴을 가리고 병원 뒤뜰에 누워, 젊은 여자가 흰옷 아래로 하얀 다리를 드러내 놓고 일광욕을 한다. 한나절이 기울도록 가슴을 앓는다는 이 여자를 찾아오는 이, 나비 한 마리도 없다. 슬프지도 않은 살구나무 가지에는 바람조차 없다.

나도 모를 아픔을 오래 참다 처음으로 이곳에 찾아왔다. 그러나 나의 늙은 의사는 젊은이의 병을 모른다. 나한테는 병이 없다고 한다. 이 지나친 시련, 이 지나친 피로, 나는 성내서는 안 된다.

여자는 자리에서 일어나 옷깃을 여미고 화단에서 금잔화 한 포기를 따 가슴에 꽂고 병실 안으로 사라진다. 나는 그 여자의 건강이— 아니 내 건강도 속히 회복되기를 바라며 그가 누웠던 자리에 누워 본다.

새로운 길

내를 건너서 숲으로
고개를 넘어서 마을로

어제도 가고 오늘도 갈
나의 길 새로운 길

민들레가 피고 까치가 날고
아가씨가 지나고 바람이 일고

나의 길은 언제나 새로운 길
오늘도…… 내일도……

내를 건너서 숲으로
고개를 넘어서 마을로

간판 없는 거리

정거장 플랫폼에
내렸을 때 아무도 없어,

다들 손님들뿐,
손님 같은 사람들뿐,

집집마다 간판이 없어
집 찾을 근심이 없어

빨갛게
파랗게
불붙는 문자도 없이

모퉁이마다
자애로운 헌 와사등에
불을 켜 놓고,

손목을 잡으면
다들, 어진 사람들
다들, 어진 사람들

봄, 여름, 가을, 겨울,

순서로 돌아들고.

태초의 아침

봄날 아침도 아니고
여름, 가을, 겨울,
그런 날 아침도 아닌 아침에

빨—간 꽃이 피어났네,
햇빛이 푸른데,

그 전날 밤에
그 전날 밤에
모든 것이 마련되었네,

사랑은 뱀과 함께
독(毒)은 어린 꽃과 함께

또 태초의 아침

하얗게 눈이 덮이었고
전신주가 잉잉 울어
하나님 말씀이 들려온다.

무슨 계시일까.

빨리
봄이 오면
죄를 짓고
눈이 밝아

이브가 해산(解産)하는 수고를 다하면

무화과 잎사귀로 부끄런 데를 가리고

나는 이마에 땀을 흘려야겠다.

새벽이 올 때까지

다들 죽어 가는 사람들에게
검은 옷을 입히시오.

다들 살아가는 사람들에게
흰옷을 입히시오.

그리고 한 침실에
가지런히 잠을 재우시오.

다들 울거들랑
젖을 먹이시오.

이제 새벽이 오면
나팔소리 들려올 게외다.

무서운 시간

거 나를 부르는 것이 누구요.

가랑잎 이파리 푸르러 나오는 그늘인데,
나 아직 여기 호흡이 남아 있소.

한 번도 손 들어 보지 못한 나를
손 들어 표할 하늘도 없는 나를

어디에 내 한 몸 둘 하늘이 있어
나를 부르는 것이오.

일이 마치고 내 죽는 날 아침에는
서럽지도 않은 가랑잎이 떨어질 텐데……

나를 부르지 마오.

십자가

쫓아오던 햇빛인데
지금 교회당 꼭대기
십자가에 걸리었습니다.

첨탑이 저렇게도 높은데
어떻게 올라갈 수 있을까요.

종소리도 들려오지 않는데
휘파람이나 불며 서성거리다가,

괴로웠던 사나이,
행복한 예수 그리스도에게
처럼
십자가가 허락된다면

모가지를 드리우고
꽃처럼 피어나는 피를
어두워 가는 하늘 밑에
조용히 흘리겠습니다.

바람이 불어

바람이 어디로부터 불어와
어디로 불려 가는 것일까,

바람이 부는데
내 괴로움에는 이유가 없다.

내 괴로움에는 이유가 없을까.

단 한 여자를 사랑한 일도 없다.
시대를 슬퍼한 일도 없다.

바람이 자꾸 부는데
내 발이 반석 위에 섰다.

강물이 자꾸 흐르는데
내 발이 언덕 위에 섰다.

슬픈 족속

흰 수건이 검은 머리를 두르고
흰 고무신이 거친 발에 걸리우다.

흰 저고리 치마가 슬픈 몸집을 가리고
흰 띠가 가는 허리를 질끈 동이다.

눈 감고 간다

태양을 사모하는 아이들아
별을 사랑하는 아이들아

밤이 어두웠는데
눈 감고 가거라.

가진 바 씨앗을
뿌리면서 가거라.

발부리에 돌이 채이거든
감았던 눈을 와짝 떠라.

또 다른 고향

고향에 돌아온 날 밤에
내 백골이 따라와 한방에 누웠다.

어둔 방은 우주로 통하고
하늘에선가 소리처럼 바람이 불어온다.

어둠 속에 곱게 풍화작용하는
백골을 들여다보며
눈물짓는 것이 내가 우는 것이냐
백골이 우는 것이냐
아름다운 혼이 우는 것이냐

지조 높은 개는
밤을 새워 어둠을 짖는다.

어둠을 짖는 개는
나를 쫓는 것일 게다.

가자 가자
쫓기우는 사람처럼 가자

백골 몰래
아름다운 또 다른 고향에 가자.

길

잃어버렸습니다.
무얼 어디다 잃었는지 몰라
두 손이 주머니를 더듬어
길에 나아갑니다.

돌과 돌과 돌이 끝없이 연달아
길은 돌담을 끼고 갑니다.

담은 쇠문을 굳게 닫아
길 위에 긴 그림자를 드리우고

길은 아침에서 저녁으로
저녁에서 아침으로 통했습니다.

돌담을 더듬어 눈물짓다
쳐다보면 하늘은 부끄럽게 푸릅니다.

풀 한 포기 없는 이 길을 걷는 것은
담 저쪽에 내가 남아 있는 까닭이고,

내가 사는 것은 다만,

잃은 것을 찾는 까닭입니다.

별 헤는 밤

계절이 지나가는 하늘에는
가을로 가득 차 있습니다.

나는 아무 걱정도 없이
가을 속의 별들을 다 헤일 듯합니다.

가슴속에 하나둘 새겨지는 별을
이제 다 못 헤는 것은
쉬이 아침이 오는 까닭이요,
내일 밤이 남은 까닭이요,
아직 나의 청춘이 다하지 않은 까닭입니다.

별 하나에 추억과
별 하나에 사랑과
별 하나에 쓸쓸함과
별 하나에 동경과
별 하나에 시와
별 하나에 어머니, 어머니,

어머님, 나는 별 하나에 아름다운 말 한마디씩 불러 봅니다.

소학교 때 책상을 같이했던 아이들의 이름과 패(佩), 경(鏡), 옥
(玉) 이런 이국 소녀들의 이름과 벌써 애기 어머니 된 계집애들
의 이름과, 가난한 이웃 사람들의 이름과, 비둘기, 강아지, 토끼,
노새, 노루, '프랑시스 잠' '라이너 마리아 릴케' 이런 시인의 이
름을 불러 봅니다.

이네들은 너무나 멀리 있습니다.
별이 아슬히 멀듯이,

어머님,
그리고 당신은 멀리 북간도에 계십니다.

나는 무엇인지 그리워
이 많은 별빛이 내린 언덕 위에
내 이름자를 써 보고,
흙으로 덮어 버리었습니다.

딴은 밤을 새워 우는 벌레는
부끄러운 이름을 슬퍼하는 까닭입니다.

그러나 겨울이 지나고 나의 별에도 봄이 오면
무덤 위에 파란 잔디가 피어나듯이
내 이름자 묻힌 언덕 위에도
자랑처럼 풀이 무성할 게외다.

흰 그림자

황혼이 짙어지는 길모금에서
하루 종일 시들은 귀를 가만히 기울이면
땅거미 옮겨지는 발자취 소리,

발자취 소리를 들을 수 있도록
나는 총명했던가요.

이제 어리석게도 모든 것을 깨달은 다음
오래 마음 깊은 속에
괴로워하던 수많은 나를
하나, 둘 제고장으로 돌려보내면
거리 모퉁이 어둠 속으로
소리 없이 사라지는 흰 그림자,

흰 그림자들
연연히 사랑하던 흰 그림자들,

내 모든 것을 돌려보낸 뒤
허전히 뒷골목을 돌아
황혼처럼 물드는 내 방으로 돌아오면

신념이 깊은 의젓한 양처럼
하루 종일 시름없이 풀포기나 뜯자.

◆ 길모금: 길목.

사랑스런 추억

봄이 오던 아침, 서울 어느 쪼그만 정거장에서 희망과 사랑처럼 기차를 기다려,

나는 플랫폼에 간신한 그림자를 떨어트리고, 담배를 피웠다.

내 그림자는 담배 연기 그림자를 날리고,
비둘기 한 떼가 부끄러울 것도 없이
나래 속을 속 속 햇빛에 비춰 날았다.

기차는 아무 새로운 소식도 없이
나를 멀리 실어다 주어,

봄은 다 가고— 동경(東京) 교외 어느 조용한 하숙방에서, 옛 거리에 남은 나를 희망과 사랑처럼 그리워한다.

오늘도 기차는 몇 번이나 무의미하게 지나가고,
오늘도 나는 누구를 기다려 정거장 가차운 언덕에서 서성거릴 게다.

—아아 젊음은 오래 거기 남아 있거라.

흐르는 거리

으스름히 안개가 흐른다. 거리가 흘러간다. 저 전차, 자동차, 모든 바퀴가 어디로 흘리워 가는 것일까? 정박할 아무 항구도 없이, 가련한 많은 사람들을 싣고서, 안개 속에 잠긴 거리는,

거리 모퉁이 붉은 포스트 상자를 붙잡고, 섰을라면 모든 것이 흐르는 속에 어렴풋이 빛나는 가로등 꺼지지 않는 것은 무슨 상징일까? 사랑하는 동무 박(朴)이여! 그리고 김(金)이여! 자네들은 지금 어디 있는가? 끝없이 안개가 흐르는데,

"새로운 날 아침 우리 다시 정답게 손목을 잡아 보세" 몇 자 적어 포스트 속에 떨어트리고, 밤을 새워 기다리면 금 휘장에 금단추를 삐였고 거인처럼 찬란히 나타나는 배달부, 아침과 함께 즐거운 내림(來臨),

이 밤을 하염없이 안개가 흐른다.

♦ 삐였고: 끼웠고.

쉽게 씌어진 시

창밖에 밤비가 속살거려
육첩방(六疊房)은 남의 나라,

시인이란 슬픈 천명인 줄 알면서도
한 줄 시를 적어 볼까,

땀내와 사랑 내 포근히 품긴
보내 주신 학비 봉투를 받아

대학 노트를 끼고
늙은 교수의 강의 들으러 간다.

생각해 보면 어린 때 동무를
하나, 둘, 죄다 잃어버리고

나는 무얼 바라
나는 다만, 홀로 침전하는 것일까?

인생은 살기 어렵다는데
시가 이렇게 쉽게 씌어지는 것은

부끄러운 일이다.

육첩방은 남의 나라
창밖에 밤비가 속살거리는데,

등불을 밝혀 어둠을 조금 내몰고,
시대처럼 올 아침을 기다리는 최후의 나,

나는 나에게 적은 손을 내밀어
눈물과 위안으로 잡는 최초의 악수.

봄

봄이 혈관 속에 시내처럼 흘러
돌, 돌, 시내 가차운 언덕에
개나리, 진달래, 노오란 배추꽃,

삼동(三冬)을 참아온 나는
풀포기처럼 피어난다.

즐거운 종달새야
어느 이랑에서나 즐거웁게 솟쳐라.

푸르른 하늘은
아른아른 높기도 한데……

밤

외양간 당나귀
앙 앙 외마디 울음 울고,

당나귀 소리에
으아 아 애기 소스라쳐 깨고,

등잔에 불을 다오.

아버지는 당나귀에게
짚을 한 키 담아 주고,

어머니는 애기에게
젖을 한 모금 먹이고,

밤은 다시 고요히 잠드오.

유언

흰한 방에
유언은 소리 없는 입놀림.

―바다에 진주 캐러 갔다는 아들
해녀와 사랑을 속삭인다는 맏아들,
이 밤에사 돌아오나 내다봐라―

평생 외롭던 아버지의 운명(殞命)
감기우는 눈에 슬픔이 어린다.

외딴집에 개가 짖고
휘양찬 달이 문살에 흐르는 밤.

◆ 휘양찬: 휘영청한.

아우의 인상화

붉은 이마에 싸늘한 달이 서리어
아우의 얼굴은 슬픈 그림이다.

발거리 멈추어
살그머니 애딘 손을 잡으며
"너는 자라 무엇이 되려니"
"사람이 되지"
아우의 설운 진정코 설운 대답이다.

슬며—시 잡았던 손을 놓고
아우의 얼굴을 다시 들여다본다.

싸늘한 달이 붉은 이마에 젖어
아우의 얼굴은 슬픈 그림이다.

♦ 발거리: 발걸음.

위로

거미란 놈이 흉한 심보로 병원 뒤뜰 난간과 꽃밭 사이 사람 발이 잘 닿지 않는 곳에 그물을 쳐 놓았다. 옥외 요양을 받는 젊은 사나이가 누워서 치어다보기 바르게—

나비가 한 마리 꽃밭에 날아들다 그물에 걸리었다. 노—란 날개를 파득거려도 파득거려도 나비는 자꾸 감기우기만 한다. 거미가 쏜살같이 가더니 끝없는 끝없는 실을 뽑아 나비의 온몸을 감아 버린다. 사나이는 긴 한숨을 쉬었다.

나이보담 무수한 고생 끝에 때를 잃고 병을 얻은 이 사나이를 위로할 말이— 거미줄을 헝클어 버리는 것밖에 위로의 말이 없었다.

간(肝)

바닷가 햇빛 바른 바위 위에
습한 간을 펴서 말리우자.

코카서스 산중에서 도망해 온 토끼처럼
둘러리를 빙빙 돌며 간을 지키자,

내가 오래 기르던 여윈 독수리야!
와서 뜯어 먹어라, 시름없이

너는 살지고
나는 여위어야지, 그러나,

거북이야!
다시는 용궁의 유혹에 안 떨어진다.

프로메테우스 불쌍한 프로메테우스
불 도적한 죄로 목에 맷돌을 달고
끝없이 침전하는 프로메테우스.

◆ 둘러리: 둘레.

산골 물

괴로운 사람아 괴로운 사람아
옷자락 물결 속에서도
가슴속 깊이 돌돌 샘물이 흘러
이 밤을 더불어 말할 이 없도다.
거리의 소음과 노래 부를 수 없도다.
그신 듯이 냇가에 앉았으니
사랑과 일을 거리에 맡기고
가만히 가만히
바다로 가자,
바다로 가자.

◆ 그신 듯이: 끌린 듯이.

참회록

파란 녹이 낀 구리거울 속에
내 얼굴이 남아 있는 것은
어느 왕조의 유물이기에
이다지도 욕될까

나는 나의 참회의 글을 한 줄에 줄이자
—만 이십사 년 일 개월을
　무슨 기쁨을 바라 살아왔는가

내일이나 모레나 그 어느 즐거운 날에
나는 또 한 줄의 참회록을 써야 한다.
—그때 그 젊은 나이에
　왜 그런 부끄런 고백을 했던가

밤이면 밤마다 나의 거울을
손바닥으로 발바닥으로 닦아 보자

그러면 어느 운석(隕石) 밑으로 홀로 걸어가는
슬픈 사람의 뒷모양이
거울 속에 나타나 온다.

이상화 『상화와 고월』(백기만 편, 청구출판사 1951)

빼앗긴 들에도 봄은 오는가

지금은 남의 땅
빼앗긴 들에도 봄은 오는가

나는 온몸에 햇살을 받고
푸른 하늘 푸른 들이 맞닿은 곳으로
가르마 같은 논길을 따라
꿈속을 가듯 걸어만 간다

입술을 다문 하늘아 들아
내 맘에는 나 혼자 온 것 같지를 않구나
네가 끄을었느냐 누가 부르더냐
답답해라 말을 해 다오

바람은 산귀에 속삭이며
한 자국도 섰지 마라 옷자락을 흔들고
종다리는 울타리 너머
아씨같이 구름 뒤에서 반갑다 웃네

고맙게 잘 자란 보리밭아
간밤 자정이 넘어 나리던 고운 비로

너는 삼단 같은 머리를 감았구나
내 머리조차 가뿐하다

혼자라도 가쁘게나 가자
마른 논을 안고 도는 착한 도랑이
젖먹이 달래는 노래를 하고
제 혼자 어깨춤만 추고 가네

나비 제비야 깝치지 마라
맨드라미 들마꽃에도 인사를 해야지
아주까리기름을 바른 이가 매던 그 들이라
다 보고 싶다

내 손에 호미를 쥐여 다오
살진 젖가슴 같은 부드러운 이 흙을
팔목이 시도록 매고
땀조차 흘리고 싶다

강가에 나온 아이와 같이
짬도 모르고 끝도 없이 닫는 내 혼아
무엇을 찾느냐 어디로 가느냐
우서웁다 답을 하려무나

나는 온몸에 풋내를 띠고

◆ 우서웁다: 우습다.

푸른 웃음 푸른 설움이 어우러진 사이로
다리를 절며 하루를 걷는다
아마도 봄 신령이 잡혔나 보다

그러나— 들을 빼앗겨 봄조차 빼앗기겠네

나의 침실로

'마돈나' 지금은 밤도 모든 목거지에 다니노라 피곤하여 돌아
가련도다
　아 너도 먼동이 트기 전으로 수밀도의 네 가슴에 이슬이 맺도
록 달려오너라

'마돈나' 오려무나 네 집에서 눈으로 유전(遺傳)하던 진주는
다 두고 몸만 오너라
　빨리 가자 우리는 밝음이 오면 어덴지 모르게 숨는 두 별이어라

'마돈나' 구석지고도 어둔 마음의 거리에서 나는 두려워 떨며
기다리노라
　아 어느덧 첫닭이 울고 뭇 개가 짖도다 나의 아씨여 너도 듣
느냐

'마돈나' 지난밤이 새도록 내 손수 닦아 둔 침실로 가자 침실
로─
　낡은 달은 빠지려는데 내 귀가 듣는 발자국─ 오 너의 것이
냐?

'마돈나' 짧은 심지를 더우잡고 눈물도 없이 하소연하는 내 맘

의 촉(燭)불을 봐라

양털 같은 바람결에도 질식이 되어 얄푸른 연기로 꺼지려는
도다

'마돈나' 오너라 가자 앞산 그림자가 도깨비처럼 발도 없이 가
까이 오도다

아 행여나 누가 볼는지— 가슴이 뛰누나 나의 아씨여 너를 부
른다

'마돈나' 날이 새련다 빨리 오려무나 사원의 쇠북이 우리를 비
웃기 전에

네 손이 내 목을 안아라 우리도 이 밤과 함께 오랜 나라로 가
고 말자

'마돈나' 뉘우침과 두려움의 외나무다리 건너 있는 내 침실 열
이도 없느니

아 바람이 불도다 그와 같이 가볍게 오려무나 나의 아씨여 네
가 오느냐?

'마돈나' 가엾어라 나는 미치고 말았는가 없는 소리를 내 귀가
들음은—

내 몸에 피란 피— 가슴의 샘이 말라 버린 듯 마음과 몸이 타
려는도다

‘마돈나’ 언젠들 안 갈 수 있으랴 갈 테면 우리가 가자 끄을려 가지 말고—

　너는 내 말을 믿는 ‘마리아’— 내 침실이 부활의 동굴임을 네야 알련만

　‘마돈나’ 밤이 주는 꿈 우리가 엮는 꿈 사람이 안고 둥구는 목숨의 꿈이 다르지 않느니

　아 어린애 가슴처럼 세월 모르는 나의 침실로 가자 아름답고 오랜 거기로

　‘마돈나’ 별들의 웃음도 흐려지려 하고 어둔 밤 물결도 잦으려는도다

　아 안개가 사라지기 전으로 네가 와야지 나의 아씨여 너를 부른다

단조(單調)

비 오는 밤
가라앉은 하늘이
꿈꾸듯 어두워라

나뭇잎마다에서
젖은 속살거림이
끊이지 않을 때일러라

마음의 막다른
낡은 뒤집에선
뉜지 모르나 까닭도 없어라

눈물 흘리는 적(笛) 소리만
가없는 마음으로
고요히 밤을 지우다

저―편에 늘어섰는
백양나무 숲의 살찐 그림자는
잊어버린 기억이 떠돎과 같이
침울― 몽롱한

캔버스 위에서 흐느끼다

아 야릇도 하여라
야밤의 고요함은
내 가슴에도 깃들이다

병아리 입술로
떠도는 침묵은
추억의 녹 낀 창을
죽일 숨 쉬며 엿보아라

아 자취도 없이
나를 껴안는
이 밤의 흩짐이 서러워라

비 오는 밤
가라앉은 영혼이
죽은 듯 고요도 하여라

내 생각의
거미줄 끝마다에서
젖은 속살거림은
줄곧 쉬지 않더라

◆ 뒤집: 떳집 또는 뒷집.
◆ 병아리:벙어리.

반딧불

보아라 저기!
아—니 또 여기!

까마득한 저문 바다 등대와 같이
짙어 가는 밤하늘에 별 낱과 같이
켜졌다 꺼졌다 깜박이는 반딧불

아 철없이 뒤따라 잡으려 마라
장미꽃 향내와 함께 듣기만 하여라
아낙네의 예쁨과 함께 맞기만 하여라

이중의 사망

가서 못 오는 박태원의 애틋한 영혼에게 바침

죽음일다!
성낸 해가 이빨을 갈고
입술은 붉으락푸르락 소리 없이 훌쩍이며
유린당한 계집같이 검은 무릎에 곤두치고 죽음일다

만종(晩鐘)의 소리에 마구를 그리워하는 소—
피난민의 마음으로 보금자리를 찾는 새—
다— 검은 농무(濃霧) 속으로 매장이 되고
천지는 침묵한 뭉텅이 구름과 같이 되다!

아 길 잃은 어린 양아 어디로 가려느냐
아 어미 없는 새 새끼야 어디로 가려느냐
비극의 서곡을 리프레인하듯
허공을 지나는 숨결이 말하더라

아 도적놈의 죽일 숨 쉬듯 한 미풍에 부딪쳐도
설움의 실패꾸리를 풀기 쉬운 내 마음은
하늘 끝과 지평선이 어둔 비밀실에서 입 맞추다
죽은 듯한 그 벌판을 지나려 할 때 누가 알랴
어여쁜 계집의 씹는 말과 같이

제 혼자 지절대며 어둠에 끓는 여울은 다시 고요히
농무에 휩싸여 맥 풀린 내 눈에서 껄덕이다

바람결을 안으려 나부끼는 거미줄같이
헛웃음 웃는 미친 계집의 머리털로 묶은—
아 이내 신령의 낡은 거문고 줄은
청철(靑鐵)의 옛 성문을 닫힌 듯한 얼빠진 내 귀를 뚫고
울어 들다 울어 들다 울다는 다시 웃다—
악마가 야호(野虎)같이 춤추는 깊은 밤에
물방앗간의 풍차가 미친 듯 돌며
곰팡 슬은 성대(聲帶)로 목메인 노래를 하듯……
저녁 바다의 끝도 없이 몽롱한 먼 길을
운명의 악지 바른 손에 끄을려 나는 방황해 가는도다
남풍(嵐風)에 돛대 꺾인 목선과 같이 나는 방황하는도다

아 인생의 쓴 향연에 불림 받은 나는 젊은 환몽(幻夢)에서
청상(靑孀)의 마음 위와 같이 적막한 빛의 음지에서
구차(柩車)를 따르며 장식(葬式)의 애곡(哀曲)을 듣는 호상객
처럼—
털 빠지고 힘없는 개의 목을 나도 드리우고
나는 넘어지다— 나는 꺼꾸러지다!

죽음일다!
부드럽게 뛰노는 나의 가슴이

주린 빈랑(牝狼)의 미친 발톱에 찢어지고
아우성치는 거친 어금니에 깨물려 죽음일다!

◆ 죽음일다: 죽음이겠다.

가을의 풍경

맥 풀린 햇살에 번적이는 나무는 선명하기 동양화일러라
흙은 아낙네를 감은 천아융(天鵝絨) 허리띠같이 따스워라

무거워 가는 나비 나래는 드물고도 쇠하여라
아 멀리서 부는 피리 소린가! 하늘 바다에서 헤엄질 치다

병들어 힘없이도 섰는 잔디풀— 나뭇가지로
미풍의 한숨은 가는 목을 매고 껄떡이어라

참새 소리는 제 소리의 몸짓과 함께 가볍게 놀고
온실 같은 마루 끝에 누운 검은 괴의 등은 부드럽기도 기름져라

청춘을 잃어버린 낙엽은 미친 듯 나부끼어라
서럽고도 즐겁게 조을음 오는 적막이 더부렁거리다

사람은 부질없이 가슴에다 까닭도 모르는 그리움을 안고
마음과 눈으로 지나간 푸름의 인상을 허공에다 그리어라

◆ 괴: 고양이.

이별

어찌면 너와 나 떠나야겠으며 아무래도 우리는 나눠야겠느냐
남몰래 사랑하는 우리 사이에 남몰래 이별이 올 줄은 몰랐으나

꼭두로 오르는 정열에 가슴과 입술이 떨며 말보다 숨결조차
못 쉬노라
　오늘 밤 우리 둘의 목숨이 꿈결같이 보일 애타는 네 맘속을 내
어이 모르랴

　애인아 하늘을 보아라 하늘이 까라졌고 땅을 보아라 땅이 꺼
졌도다
　애인아 내 몸이 어제같이 보이고 네 몸도 아직 살아서 내 곁에
앉았느냐

　어찌면 너와 나 떠나야겠으며 아무래도 우리는 나눠야겠느냐
　우리 둘이 나뉘어 생각하며 사느니보다 차라리 바라보며 우
는 별이 되자

　사랑은 흘러가는 마음 위에서 웃고 있는 가비여운 갈대꽃인가
　때가 오면 꽃송이는 고아지고 때가 가면 떨어지고 썩고 마는
가?

님의 기림에서만 믿음을 얻고 님의 미움에서는 외롬만 받을 너이었더냐?

행복을 찾아선 비웃음도 모르는 인간이면서 이 고행을 싫어하는 나이었더냐?

애인아 물에다 물 탄 듯 서로의 사이에 경계가 없던 우리 마음 위로

애인아 검은 그림자가 오르락내리락 소리도 없이 얼른거리도다

남몰래 사랑하는 우리 사이에 우리 몰래 이별이 올 줄은 몰랐어라

우리 둘이 나뉘어 사람이 되느니 차라리 피울음 우는 두견이 되자

오려무나 더 가까이 내 가슴을 안으라 두 마음 한 가락으로 엮어 보고 싶다

자그마한 부끄럼과 서로 아는 미쁨 사이로 눈 감고 오는 방임(放任)을 맞이하자

아 주름 잡힌 네 얼굴 이별이 주는 표증(表證)이냐? 이별을 쫓고 내게로 오너라

상아(象牙)의 십자가 같은 네 허리만 더우잡는 내 팔 안으로

달려오너라

애인아 손을 다고 어둠 속에도 보이는 납색(蠟色)의 손을 내
손에 쥐여 다고
애인아 말해 다고 벙어리 입이 말하는 침묵의 말을 내 눈에 일
러 다고

어찌면 너와 나 떠나야겠으며 아무래도 우리는 나눠야겠느
냐?
우리 둘이 나뉘어 미치고 마느니 차라리 바다에 빠져 두 마리
인어로나 되어서 살자

쓰러져 가는 미술관

어려서 돌아간 인순의 신령에게

옛 생각 많은 봄철이 불타오를 때
사납게 미친 모—든 욕망— 회한을 가슴에 안고
나는 널 속을 꿈꾸는 이불에 묻혔어라

쪼각쪼각 흩어진 내 생각은 민첩하게도
오는 날 묵은 해 뫼 너머 구름 위를 더우잡으며
말 못 할 미궁에 헤맬 때 나는 보았노라

진흙칠한 하늘이 나직하게 덮여
야릇한 그늘 끼인 냄새가 떠도는 검은 놀 안에
오 나의 미술관! 네가 게서 섰음을 내가 보았노라

내 가슴의 도장에 숨어 사는 어린 신령아!
세상이 둥근지 모난지 모르던 그날그날
내가 네 앞에서 부르던 노래를 아직도 못 잊노라

클레오파트라의 코와 모나리자의 손을 가진
어린 요정아! 내 혼을 가져간 요정아!
가차운 먼 길을 밟고 가는 너야 나를 데리고 가라

오늘은 임자도 없는 무덤— 쓰러져 가는 미술관아
잠자지 않는 그날의 기억을 안고 안고
너를 그리노라 우는 웃음으로 살다 죽을 나를 불러라

서러운 해조(諧調)

하얗던 해는
떨어지려 하여
헐떡이며
피 뭉텅이가 되다

새붉은 마음은
늙어지려 하여
곯아지며
굼벵이 집이 되다

하루 가운데
오는 저녁은
너그럽다는 하늘의
못 속일 멍통일러라

일생 가운데
오는 젊음은
복스럽다는 인간의
못 감출 설움일러라

역천(逆天)

이때야말로 이 나라의 보배로운 가을철이다
더구나 그림도 같고 꿈과도 같은 좋은 밤이다
초가을 열나흘 밤 열푸른 유리로 천정을 한 밤
거기서 달은 마중 왔다 얼굴을 쳐들고 별은 기다린다 눈짓을
한다
그리운 실낱같은 바람은 길을 끄으려 바라노라 이따금 성화
를 하지 않는가

그러나 나는 오늘 밤에 좋아라 가고프지를 않다
아니다 나는 오늘 밤에 좋아라 보고프지도 않다

이럴 때 이런 밤 이 나라까지 복지게 보이는 저편 하늘을
햇살이 못 쪼이는 이 땅에 나서 가슴 밑바닥으로 못 웃어 본
나는 선뜻만 보아도
철모르는 나의 마음 홀아비 자식 아비를 따르듯 불 본 나비가
되어
꾀우는 얼굴과 같은 달에게로 웃는 이빨 같은 별에게로
앞도 모르고 뒤도 모르고 곤두치는 줄달음질을 쳐서 가느니
그리하여 지금 내가 어디서 무엇 때문에 이 짓을 하는지

그것조차 잊고서도 낮이나 밤이나 노닐 것이 두렵다

걸림 없이 사는 듯하면서도 걸릴 뿐인 사람의 세상—
아름다운 때가 오면 아름다운 그때가 어울려 한 뭉텅이가 못
되어지는 이 삶이—
꿈과도 같고 그림 같고 어린이 마음 위와 같은 나라가 있어
아무리 불러도 멋대로 못 가고 생각조차 못 하게 지천을 떠는
이 설움
벙어리 같은 이 아픈 설움이 칡덩굴같이 몇 날 몇 해가 얽히어
틀어진다

보아라 오늘 밤에 하늘이 사람 배반하는 줄 알았다
아니다 오늘 밤에 사람이 하늘 배반하는 줄도 알았다

가장 비통한 기원

아 가도다 가도다 쫓겨가도다
망각 속에 있는 간도와 요동벌로
주린 목숨 움켜쥐고 쫓아가도다
자갈을 밥으로 해채를 마셔도
마구나 가졌으면 단잠을 얽을 것을—
인간을 만든 검아 하루 일찍
차라리 주린 목숨 뺏어 가거라

아 사노라 사노라 취해 사노라
자포(自暴) 속에 있는 서울과 시골로
멍든 목숨 행여 갈까 취해 사노라
어둔 밤 말 없는 돌을 안고서
피울음 울어도 신음은 풀릴 것을—
인간을 만든 검아 하루 일찍
차라리 취한 목숨 죽여 버려라

말세의 희탄(欷歎)

저녁의 피 묻은 동굴 속으로
아 밑 없는 그 동굴 속으로
　　끝도 모르고
　　끝도 모르고
나는 꺼꾸러지련다
나는 파묻히련다

가을의 병든 미풍의 품에다
아 꿈꾸는 미풍의 품에다
　　낮도 모르고
　　밤도 모르고
나는 술 취한 몸을 세우련다
나는 속 아픈 웃음을 빚으련다

청년

청년— 그는 동망(憧望)— 제대로 노니는 향락의 임자
첫여름 돋는 해의 혼령일러라

흰옷 입은 내 어느덧 스물 젊음이어라
그러나 이 몸은 울음의 왕이어라

마음은 하늘가를 날으면서도
가슴은 붉은 땅을 못 떠나노라

바람도 기쁨도 어린애 잠꼬대로
해 밑에서 밤 자리로 □□□□□□*

청년— 흰옷 입은 나는 비수(悲愁)의 임자
늦겨울 빚은 술의 생명일러라

* 원주: 여섯 글자 미상.

무제

오늘 이 길을 밟기까지는
아 그때가 가장 괴롭도다
아직도 남은 애달픔이 있으려니
그를 생각하는 오늘이 쓰리고 아프다

헛웃음 속에 세상이 잊어지고
끄을리는 데 사람이 산다면
검아 나의 신령을 돌멩이로 만들어 다고
제 사리의 길은 제 찾으려는 그를 죽여 다고

참웃음의 나라를 못 밟을 나이라면
차라리 속 모르는 죽음에 빠지련다
아 멍들고 이울어진 이 몸은 묻고
쓰린 이 아픔만 품 깊이 안고 죽으련다

♦ 사리: 국수, 실, 새끼 따위를 풀어서 사리어 놓은 것.

그날이 그립다

내 생명의 새벽이 사라지도다

그립다 내 생명의 새벽— 설워라 나 어릴 그때도 지나간 검은 밤들과 같이 사라지려는도다

성녀(聖女)의 피수포(被首布)처럼 더러움의 손 입으로는 감히 대이기도 부끄럽던 아가씨의 목— 젖가슴 빛 같은 그때의 생명!

아 그날 그때에는 낮도 모르고 밤도 모르고 봄빛을 머금고 움돋던 나의 영(靈)이 저녁의 여울 위로 곤두치는 고기가 되어

술 취한 물결처럼 갈모로 춤을 추고 꽃심의 냄새를 뿜는 숨결로 아무 가림도 없는 노래를 잇대어 불렀다

아 그날 그때에는 낮도 없이 밤도 없이 행복의 시내가 내게로 흘러서 은칠한 웃음을 만들어만 내며 혼자 있어도 외롭지 않았고 눈물이 나와도 쓰린 줄 몰랐다

내 목숨의 모두가 봄빛이기 때문에 울던 이도 나만 보면 웃어들 주었다

아 그립다 내 생명의 새벽— 설워라 나 어릴 그때도 지나간 검은 밤들과 같이 사라지려는도다

오늘 성경 속의 생명수에 아무리 조촐하게 씻은 손으로도 감

361

히 만지기에 부끄럽던 아가씨의 목— 젖가슴 빛 같은 그때의 생
명!

금강 송가(金剛頌歌)
중향성 향나무를 더우잡고

금강! 너는 보고 있도다— 너의 쟁위(淨偉)로운 목숨이 엎디어 있는 너의 가슴— 중향성(衆香城) 품속에서 생각의 용솟음에 끄을려 참회하는 벙어리처럼 침묵의 예배만 하는 나를!

금강! 너는 너의 관미(寬美)로운 미소로써 나를 보고 있는 듯 나의 가슴엔 말래야 말 수 없는 야릇한 친애(親愛)와 까닭 모르는 경건한 감사로 언젠지 어느덧 채워지고 채워져 넘치도다. 어제까지 어둔 살이에 울음을 우노라— 때아닌 늙음에 쭈그러진 나의 가슴이 너의 자안(慈顔)과 너의 애무로 다리미질한 듯 자그마한 주름조차 볼 수 없도다.

금강! 벌거벗은 이 나라, 물이 마른 이 나라에도 자연의 은총이 별달리 있음을 보고 애틋한 생각 보배로운 생각으로 입술이 달거라 노래 부르노라.

금강! 너는 사천여 년의 오랜 옛적부터 퍼붓는 빗발과 몰아치는 바람에 갖은 위협을 받으면서 황량하다 오는 이조차 없는 강원(江原)의 적막 속에서 망각 속에 있는 듯한 고독의 설움을 오직 동해의 푸른 노래와 마주 읊조려 잊어버림으로 서러운 자족을 하지 않고 도리어 그 고독으로 너의 정열을 더욱 가다듬었으며 너의 생명을 갑절 북돋우었도다.

금강! 하루 일찍 너를 못 찾은 나의 게으름 나의 둔각(鈍覺)이 얼마만치나 부끄러워 죄로워 붉은 얼굴로 너를 바로 보지 못하고 벙어리 입으로 너를 바로 읊조리지 못하노라.

금강! 너는 완미(頑迷)한 물(物)도 허환(虛幻)의 정(精)도 아닌 — 물과 정의 혼융체 그것이며, 허수아비의 정(靜)도 미쳐 다니는 동(動)도 아닌— 정과 동의 화해기(和諧氣) 그것이다. 너의 자신이야말로 천변만화의 영혜(靈慧) 가득 찬 계시이어라. 억대조겁(億代兆劫)의 원각(圓覺) 덩어리인 시편(詩篇)이어라. 만물상이 너의 혼융에서 난 예지가 아니냐 만폭동이 너의 화해(和諧)에서 난 선율이 아니냐. 하늘을 어루만질 수 있는 비로(毘盧)— 미륵이 네 생명의 승앙(昇昻)을 보이며 바다 밑까지 꿰뚫은 팔담(八潭)— 구룡(九龍)이 네 생명의 심삼(深滲)을 말하도다.

금강! 아 너 같은 극치의 미가 꼭 이 나라에 있게 되었음이 야릇한 기적이고 자그마한 내 생명이 어째 네 애훈(愛熏)을 받잡게 되었음이 못 잊을 기적이다. 너를 예배하려 온 이 가운데는 시인도 있었으며 도사도 있었다. 그러나 그 시인들은 네 외포미(外包美)의 반쯤도 부르지 못하였고 그 도사들은 네 내재상(內在想)의 첫길에 헤매다가 말았다.

금강! 이 나라가 너를 뫼신 자랑, 네가 이 나라에 있는 자랑, 자연이 너를 낳은 자랑— 이 모든 자랑을 속 깊이 깨치고 그를 깨친 때의 경이 속에서 집을 얽매고 노래를 부를 보배로운 한 정령이 미래의 이 나라에서 나오리라 나오리라.

금강! 이제 내게는 너를 읊조릴 말씨가 적어졌고 너를 기려 줄 가락이 꺼칠어서 다만 내 가슴속에 있는 눈으로 내 마음의 발자국 소리를 내 귀가 헤아려 듣지도 못할 것처럼— 나는 고요로운 이 황홀 속에서— 할아버지 무릎 위에 앉은 손자와 같이 예절과 자중을 못 차릴 네 웃음의 황홀 속에서 나의 생명 너의 생명 이 나라의 생명이 서로 묵계되었음을 보았노라

노래 부르며 가벼우나마 이로써 사례를 아뢰노라— 아 자연의 성전(聖殿)이여! 이 나라의 영대(靈臺)여!

* 원주: 이 시는 장편 산문시인데 실려 있는 『여명』 2호(1925년 6월)가 떨어지고 해져 그 절반은 알아보지 못하여 명백한 구절만 발췌한 것이다.

하늘은 부끄럽게 푸릅니다 — 3·1운동 100주년 기념 민족 시인 5인 시집

초판 1쇄 발행 2019년 3월 1일 | 초판 3쇄 발행 2024년 4월 23일

지은이
김소월 한용운 이육사 윤동주 이상화

엮은이
시요일

펴낸이
윤동희

편집
박신규 박문수

디자인
이재희

ISBN
979-11-89280-23-9 03810

펴낸곳
(주)미디어창비

등록
2009년 5월 14일

주소
04004 서울 마포구 월드컵로12길 7

전화
02-6949-0966

팩시밀리
0505-995-4000

홈페이지
www.mediachangbi.com
www.thechaek.com

전자우편
mcb@changbi.com